「託生、お前、ぜんぜんわかってないんだな」

「あ、駄目だよ、……触らないで、ギイ」

「嫌だ。オレはそんなに聞き分け良くないんだよ、託生」

タクミくんシリーズ

プロローグ

タクミくんシリーズ

プロローグ

ごとうしのぶ

15127

角川ルビー文庫

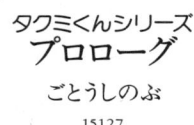

Contents

口絵・本文イラスト／おおや和美

ホワイトデイ・キス

なんだか、すっごく、やりにくい。

「ギイ、悪いけど――」

のでやむを得ず、ぼくは勇気を出して告げることにした。

「ん？　なんだい託生《たくみ》」

やけに嬉《うれ》しそうに訊《き》き返す、ギイ、こと、崎義一《さきぎいち》くんへ、

「悪いけど、少しこの部屋から、305号室から出ていってもらえないかな」

言った途端、ギイはみるみる気落ちして、

「どうしてだよ」

ふてくされたように訊く。

「どうもこうも……」

試験勉強の最中に、そんなに期待の籠《こ》もった眼差《まなざ》しでじっと見つめられていたら、気が散っ

てしようがないじゃないか。

「オレが何したって言うんだよ」

「別に何もしてないけどね」

見られていると感じるだけで、ぼくが勝手に落ち着かなくなるのだ。——勝手にギイが、気になるのだ。

「低迷を続けるぼくの成績を気の毒と思う慈悲の心がギイにあるなら、悪いけど、少しの間、ぼくをひとりきりにしてくれないかな」

「気の毒と思わなくはないが、それとこれとは別じゃないか。どうしてオレが、せっかくの託生とふたりきりの貴重な時間を犠牲にしなけりゃならないんだ」

「でもどのみち、勉強が終わるまで、ぼくはギイと、何もできないんだよ？」

「オレは別に、こうして託生の顔が見られるだけでもいいけど？」

だから、それが良くないんだって！

「もうじき十四日だな」

嬉しそうにギイが言った。

ついに、それを口にした。

三月十日、現在、学年末試験真っ最中の、この時期に、

「もしかして、それ、ホワイトデーのこと?」

試験で手を抜かなければもしかしたら学年首位の成績かも? と、密《ひそ》かに噂されている絶世の美男子は、

「もちろん、そうだよ」

にっこりと、余裕の微笑《ほほえ》み。

違うだろ。

ぼくは帰り支度の手を止めて、これみよがしに2-Dの教室をぐるりと見回した。

のんびりのどかが校風な祠堂《しどう》学院高等学校、育ちの良い生徒が多いのか、基本、頭の良い学生が多いのか、それはさておき、そんな中でもさすがに一年間の総まとめである学年末試験は皆の上にプレッシャーを与えて下さる。それぞれに緊張感を漂わせている他のクラスメイトと同じく、ぼくだって、例外ではない。のに、

「ギイってナニモノ?」

プレッシャーの『ぷ』の字もないって、どういうこと?

「んっ？」

ギイはぼくの顔を覗《のぞ》き込むと、「オレがなにものかって？　そりゃもちろんお前の——」

ニヤリと言いかけたギイの口を、ぼくは慌てて手のひらで塞《ふさ》いだ。

「ぶぼぉぼぼぉぼぉぼぼぼぼ」

口を塞がれても、相変わらず嬉しそうなギイは一気に言い切って、またまた御機嫌な笑顔を見せる。

まったくもう、この男は。

「迂闊《うかつ》なこと、言わないでよ」

低く低く、ぼくは言う。

ここは、ふたりきりの寮の部屋、じゃないんだからな。ここは2‐Dの教室の中、飽《あ》くまで公衆の面前ってのなんだからな。

睨《にら》んだぼくへ、ギイはぼくに口を塞がれたまま、黙って顔の両横へ手を上げた。

降参のポーズ。

わかりました、の、合図だ。

にやにや笑いが消えないのが多少気掛かりながらも、ぼくは彼の口から手を外す。

「ギイ。ということで、今度の週末は試験勉強するから、外へ買い物なんて行ってる暇、ぼくにはないから」

　言うと、

「えー、なんだそれ」

　ギイはあからさまに口を尖《とが》らせ、「オレのホワイトデーはどうなっちまうんだよ。お返ししかよ。おい託生、せっかく先月のバレンタインに、お前のために、オレがあんなにいろいろ頑張ったのに？」

「それは感謝してるけど、でもしようがないだろ、今はそれどころじゃないんだよ。週明けの月曜日の試験は、選《よ》りに選《よ》ってぼくの苦手な科目ばかりなんだから。ギイと違ってぼくは、それこそ一所懸命頑張らないと、高い学費を払ってここへ入学させてくれた親に顔向けできないような成績なの」

　こんなことを力説するのも、かなり情けない話だが。

「なあなあ託生、試験勉強、手伝ってやるからさあ」

「いい」

　ギイの教え方が天下一品なのはわかっているが、

「えーっ。ちゃんと真面目に協力してやるって、信用しろよ」

「してなくないけど、いい」

ギイには申し訳ないが、ギイはわかってないのである。

つきあい始めてかれこれ一年、だがしかし、祠堂の学生の誰しもが『一度はこういうルックスに生まれてみたかった』と思わずにいられない外見の持ち主であるギイは、つまり、ぼくにとっては『いつまで経《た》っても心がざわつく、落ち着かない存在』ということなのだ。

プラトニックではない、れっきとした恋人関係でありながら、それでもぼくは、彼といると今でも時々、どうしていいか、わからなくなる。

彼に下心が微塵《みじん》もなくとも、さっきのようにひょっこり顔を覗き込まれただけで、気持ちがぱっと煽《あお》られてしまう。

「ありがたいけど、迷惑なの」

「なんだ、それ」

不満そうにギイが両手でぼくの机をガタガタ揺らす。「ありがたいのに、どうして迷惑なんだよ。矛盾《むじゅん》してるじゃんか」

その手をひしっ、と、止め、

「矛盾しててもそうなの。そういうことなの」

ぼくは小声で言い切った。

四分の一フランス人の血が混じるクォーターであるギイは、ところがフランスではなくアメ

リカ生まれのアメリカ育ちで、祠堂へはわざわざ太平洋を越えて留学してきたという外国人、なのだが、にもかかわらず、純粋日本人のぼくよりも遥《はる》かに日本語が堪能で、故に口論は、まったくもって、ぼくの方が不利なのである。

「そういうことって、どういうことだよ」

「いいから、ね、とにかくそうなの、わかった？」

「ちっともわからん」

ギイはむっと眉《まゆ》を寄せ、「日頃、託生のためにあれやこれやと頑張ってるオレにお返しなしってのは、どうにも納得できないな」

「別に、お返ししたくないって言ってるわけじゃないからね」

ぼくは慌てて訂正した。「じゃなくて、今は、お返しの内容をゆっくり吟味《ぎんみ》する気持ちのゆとりが自分にないって、言ってるだけだからね」

「そうかー？」

うさん臭げにギイがぼくを見る。「どうも託生は情緒に欠けるからなあ」

「失礼な」

確かにそういう傾向はギイに指摘されるまでもなく、なくはないとわかっちゃいるが、「でも一応、断わっておくけど、確かにギイにもバレンタインにチョコをもらったけれど、ぼくだって、あげただろ？　ちゃんと、あげたよね？」

「──まあな」

まるで物々交換のような、双方に行き来した、不二家《ふじや》のハートチョコレート。

「なのにぼくにだけホワイトデーを要求するって、ちょっと変じゃないのかな」

「託生、よーく考えてみろ。確かにオレたちの間にチョコの交換はあったけど、トータルとして、オレが託生に贈ったものの方が、多くないか？」

わかってます。ぼくのために、ギイにはそれはもう、奔走《ほんそう》していただきました。

「つまりギイは、あのままだと不公平って、言いたいんだよね？」

わかっている。ぼくだって。そう、感じてた。

「不公平とまでは言わないが、オレだって少しは報われたい」

「……うん」

だからこそ、ぼくは試験勉強を頑張っているのに、なぜかそこのあたりは、ギイにうまく伝わらない。

「だって託生、お前、ちっとも形にしてくれないからさ」

「え、何を？」

「オレへの愛」

ぼくが睨む前に、ギイはさっさと自分の口に人差し指を立て、これ以上は言わないよポーズを取った。

もう。

「あんなゴタゴタがなかったら、オレの当初の予定としては、バレンタインに託生からチョコもらって、オレはホワイトデーにお返しするつもりでいたんだ。でも、野沢《のざわ》や駒澤《こまざわ》に託生を女の子扱いするなとかあれこれ突っ込まれるわ、託生はオレに無理難題をふっかけるわ、しかも売店のチョコとはいえ、お前に渡すことになるわで、計画はめちゃくちゃ」

「……ごめん」

「悪い、違うからな、託生に謝らせたいんじゃなくて、なんというか——」

「わかってるんだ、これでも」

「託生?」

「ギイの気持ち、ぼくなりに、わかってるよ、ちゃんと」

「マジで?」

「ただ、ぼくだってそれは大事なことだと思うから、だから、今はちょっと、むしろちゃんと考えられないから、試験が終わったら、そしたらちゃんと考えられるから、それまでは勘弁し

「ちょっ——!」

てもらいたいんだ。――それでも駄目《だめ》？」

ぼくの問い掛けに、

「……しようがないな」

ようやくギイが頷《うなず》いてくれた。

ほっ。

「って、そしたら十四日終わってるじゃんか！」

ギイはいきなり拳《こぶし》を握ると、「試験終わるの待ってたら、ホワイトデー、終わっちまうじゃんか、おい託生！」

ドン、と、机を叩《たた》いた。

さすがに集中した、クラスメイトの視線たち。

ああもう、このイベント最重要視オトコは、まったく……。

「――わかりました。なんとかします」

泣く子となんとかって、ホント、太刀打《たちう》ちできない……。

「よし」

ぼくの一言で、いきなり御満悦となったギイ。

もしかしてギイ、教室でごねたのって、――確信犯？

だからといって、素晴らしき解決策があっさり訪れるわけではないのである。

ギイの駄々も厄介だが、ぼくの低迷する成績は、更に厄介だ。

「なのにギイってば、ちっともわかってないんだから……」

ぼやきつつ、売店の商品を物色する。

週末に外出できないのだから、十四日に間に合わせるとなれば、ぼくに残る選択肢は、売店でお返しを購入する、のみ。

棚に並んだ不二家のハートチョコを横目で眺め、つい、溜め息。

先月ギイからいただいた、ハートチョコ。

彼も、ぼくも、ここで買ったから。

決してギイがケチったということではないのだが、そして、ぼくもケチったわけではないのだが、

「それでもちゃんと、気持ちは通じたはずなのにな」

また、溜め息。

ギイからのハートチョコ、もらってぼくは嬉しかったし、ギイだって、喜んでくれたのに。

「葉山《はやま》はギイに要求しないのか？」

いきなり訊かれて、ぼくはあからさまに驚いた。

いつの間にか、背後に章三《しょうぞう》。

「わ、あ、赤池《あかいけ》くん」

章三は、よ、と手を軽く上げると、

「笑い話になってるぞ、放課後ギイが葉山にホワイトデーのお返しを強要して、葉山がげっそり弱ってたって」

「――え、本当に？」

え？　それって、まずくない？

「2‐D内でのネタとして。試験前に、またしてもギイが緊張感をほぐすような面白いネタを提供してくれた、という流れ」

「さすがギイって？　あのさあ、冗談にしてくれるのはありがたいけど、前から薄々感じてたけど、うちのクラス、なんだかギイに甘くない？」

やけに良い方へ、解釈してない？

章三はひゅっと腕を組むと、

「ギイに甘いというか、全体的にぬるいというか」

大袈裟《おおげさ》に頷くポーズ。

「……ああ」

そうかも。

「学校生活は明るく楽しく。マジでもネタにしちゃえば、トラブル回避。ってね」

「なんだい、それ」

「2-Dに於《お》ける、裏ルール」

「そんなの、あるの？」

「暗黙のうちに、うちのクラスの級長が、そうなるようじわじわ仕向けて早一年。成果は出てるな」

「ギイ、自分の都合、優先してない？」

「葉山たちのケースに限らず、狭いエリアで団体生活してるんだ、悪くないルールだと僕は思うけれどね」

章三に言われると、

「ふうん」

そうなのかも、と、思えてしまう説得力は、間違いなくギイの類友だ。

「で、素直な葉山はここへ買い物に来たんだろ？」

章三の問いに、

「うん。どれを選んでも、ギイが満足するとはとても思えなくて、困ってる」

ぼくは正直に返答した。

「まあな」

笑った章三は、「クラスメイトの話によると、ギイが一方的に葉山にお返しを要求してたと聞いたけど、葉山はどうなんだ？」

「ぼく？」

章三は棚からミンティアをひとつ取ると、

「葉山はギイに、ホワイトデーを要求しないのか？」

「だって、別に欲しいと思ってないし」

試験勉強で、それどころじゃないし。

「へえ」

頷いた章三は、「じゃあこれ、最近のギイのマイブーム」

「これ？」

差し出されたミンティアの、「ドライハード味？」

「この前試して、以来、はまってるよ」

「——赤池くんて、時々ぼくよりギイに詳しいよね」

ちらっと妬《や》きたくなるくらい。

章三は上から目線でぼくを見ると、

「この一年を振り返り、あらゆるケースを思い出すだに、どう考えても、僕の方が葉山よりギイに詳しい気がするよ」

「それ、……え。宣戦布告?」

「じゃなくて、葉山があまりに淡泊だから、ギイのこと、さほど知ろうとしないから、下手に探りを入れない葉山のそういうところ、ギイは気に入ってるみたいだけれどさ、たまに物足りなくなるんじゃないか?」

「——あ。うん」

そうです。

ホワイトデーでガタガタ言われる最大の原因は、それだとぼくも、わかっています。

『なあオレ、ホントにお前に好かれてる? どのくらい、好かれてる?』

言葉にはされないけれど、ギイの眼差しが、いつもそう訊く。

ちゃんとすごく好きなのに、たまに、うまく、伝わらない。——おそらく、ぼくのせいで。

「春休み、ギイのニューヨークの実家に行くんだろ？　せっかくあいつのプライベートエリアに足を踏み入れるんだから、せいぜい、ギイリサーチしてこいよ」

「……あ、――うん」

行けたらね。

の、一言は、口にしない。

問題は、そこなのだ。

「なに？　なんか、暗い？」

「そんなこと、ないけどね」

ああ。胃が痛い。


『形にしてくれ、オレへの愛を』

示したいのに。

だからこんなに頑張ってるのに。

「お前、あまりに安易過ぎ」

せっかくの章三情報だったのだが、少し早いけど、と、手渡したミンティアに、ギイのふてくされること、ふてくされること。

寮の部屋、すっかり寝仕度を整えたギイは、自分のベッドに仰向《あおむ》けに寝転びながら、手の中でミンティアをしゃかしゃか鳴らして、

「嬉しいけど、嬉しくないぞ」

文句をつける。

「でもそれ、好きなんだよね」

「好きったって託生、これじゃあ、あまりに日常だろ？」

「だったら、これ」

ベッドの脇に立つぼくは、ギイへ、ミンティア花咲くチェリー味を差し出した。

「ん？」

「ギイが好きだよ」

ギイがきょとん、と、ぼくを見上げる。

「託生……？」

「だから、これ」

リフレッシュアップル味。

「――へ？」

「それから、これも」

Wグレープフルーツ味。

「おい――」

「これもあげる」

シャープエバー味。

「おい、待てって」

アクアスパーク味にプラムカクテル味。

売店にあるだけ全種類のミンティアをギイに押しつけ、

「ちゃんと好きだけど、試験も大事なんだ」

ぼくは続けた。「もし成績が落ちたりしたら、親に申し訳なくて、ニューヨークになんか行けないよ」

ギイの手が、だらんと垂れたぼくの手を取る。

「――そっか」

指先で、優しく甲を撫《な》でてくれる。「そういうことか」

「試験勉強に、集中したいんだ」

「……そうだな」

「外出なんて、とてもできない」

「わかったよ。じゃあ明日の土曜は、ひとりで出掛けてくる」

「……ギイ？」

「拗《す》ねたわけじゃないよ」

ギイが柔らかく、ぼくを引く。

引かれるまま、ぼくは床に膝《ひざ》を折る。

近くなった顔を寄せ、

「オレがいると、勉強に集中できないんだろ？　だから、オレは出掛ける。協力する」

「ギイ……」

「ついでにオレも託生に、ホワイトデーのお返しを買ってこよう」

「そんなの、いいのに」

「オレの愛ってことで」

「――うん」

「勉強、頑張れよ」

「うん」

頷くぼくに、ギイがそっとキスをする。

「春休み、一緒にオレん家《ち》、行こうな託生」

囁《ささや》くギイへ、

「うん」

ぼくからも、そっとキスを贈る。

8月15日、登校日

「あ、葉山くん!」

夏休み唯一の登校日、人気の少ない寮の階段を270号室から学食へ向かって下りている途中で、一階から上がって来た野沢政貴《まさたか》に弾《はじ》けるように声を掛けられた。「久しぶりだね、元気だった?」

「元気だよ、野沢くんは?」

「おかげさまで」

にっこり笑った政貴は、「あれ、ひとり?」

不思議そうに、ぼくの背後を窺《うかが》う。

「ひとりだよ? どうして?」

「あ、いや。葉山くんは、これから学食?」

「うん。野沢くんはもう食べ終わったのかい?」

「まだなんだ。なんだか今日は慌ただしくて、昼食摂《と》れるのはいつになることやら」

苦笑する彼の腕の中には、たくさんの書類の束。

「慌ただしいのって、階段長の仕事で？」

「それも含めて、バタバタだよ」

言いながら、政貴がふふふと笑った。「ギイも今日は走り回ってるのかな？」

「えっ？」

あ、「や、いや、彼のことは、今何してるかとか、ぜんぜん知らないし」

「そうなんだ」

軽く頷いた政貴は、それ以上踏み込むこともなく、「それにしても、今日だけでもケータイ解禁してもらいたいよ。人を探すのだけで一苦労だ、効率が悪いったらない」

肩を竦《すく》めた。

「いっそ、呼び出しの放送かけちゃうとか？」

ぼくの冗談に、政貴が笑う。

「いいね、いっそかけたいよね、まったく」

「野沢くんは、電話、携帯してないの？」

「階段長が隠れてこっそり持ってたら、まずいだろ？」

──う。

ギイは相当以前から、隠れてこっそり、ケータイ持ってます。ね。

返事に詰まったぼくに、

「学食、まだ混んでるのかな」

政貴が話題を変えてくれた。

「うん、まだ、ラッシュのピーク中だと思うけど」

「そこへ参戦するんだ、葉山くん」

参戦！

おお、言い得て妙だ。

「一刻でも早く昼食を済ませて、家に帰りたいのかな？」

「あ、そうじゃないけど、すごい、お腹すいちゃって」

「それは大問題だ」

拳を握って、政貴が笑う。「頑張れ、学食」

「ありがとう、頑張るよ」

ぼくもちいさく拳を握って、「でも野沢くん、とはいえ、あんまり遅くなると大変じゃないか？　今日って学食、二時には完全に閉まっちゃうんだよね」

調理のおばちゃんたちが、帰ってしまう。

「ああ、それまでにはなんとかね」

政貴は書類を胸に持ち直すと、「今日は夏休み唯一の登校日だから、一学期に取りこぼした用事を少しでも多く片付けておきたいんだ。今日を逃すと、九月になるまで手がつけられないからさ」

「そうか。——そうだよね」

階段長ではないけれど、生徒会長を務める三洲《みす》も、全校朝礼の行われた（例の、年に三度しか学院に現れない学園長による、一時間の長きにわたる夏休み中盤に於けるイマサラながらの『伝統訓話・正しい夏休みの過ごし方』を粛々と拝聴した）講堂から戻ってこっち、ちらりとも見かけていない。むろん、部屋にも戻っていなかった。

270号室には、三洲が今朝持ってきたと思われるふたつの大きな紙袋。——私物というより、限りなく事務書類の匂いがした。

通常、八月半ば一日だけの夏休みの登校日には、制服こそ着ていても、あまりの荷物の少なさに（必要なのは学生手帳と財布だけ？）いっそ手ぶらの学生が多い。かくいうぼくも、去年はほぼ、手ぶらであった。朝、学校に着いたらそのまま講堂で全校朝礼を受け、学食で昼食を済ませてから、教室にも寮の部屋にも立ち寄ることなく、ギイと赤池章三と三人で、都内のギイの実家へ行ったのである。

だが今年は、ぼくはバイオリン持参で登校していた。たった一日、日帰りの登校日なれど、家に置いておくのに抵抗があったのだ。夏休みに入ってから、どこへ行くにも持参していたからか、持ち歩くのに苦はなくて、むしろなんだか最近は体の一部と化している、感じ。

だが、バイオリンを講堂まで持って行くのはさすがに憚《はばか》られ、なので今朝、少し早めに家を出て、270号室に立ち寄ってバイオリンを部屋へ置いてから講堂へ向かったのだ。だがその時には、本人こそ室内にはいなかったものの、既に三洲の荷物は彼の机の脇に置かれていた。

――三洲ってば、いったい何時に登校したのだ？

そしてついさっき、戻った270号室の荷物に変化がなかったということは、彼はもしかして、講堂からまっすぐ校内の生徒会室か？

ともあれ、年間でもとりわけ夏休み明けは忙しい。

九月下旬に行われる文化祭と体育祭、それに向けて本格的な準備が始まり、体育祭終了後には後期生徒会役員選挙、その後、ありがたいのか、むしろ慌ただしくて迷惑なのかわからない一週間の別名衣替え休み、こと、日本の学校には珍しい『秋休み』があり、休み明けには中間テスト。――ろくに勉強する時間もなさそうなのに、中間テスト。……オソロシイ。

ということで、極力用事を新学期に持ち越したくない彼らの気持ちは、ぼくなりに、理解できるのであった。

しかも、忘れてはいけない。どんなにノルマまみれでも、ぼくたちは受験生なのである。加えて受験勉強も、せねばならない身なのである。

「でも、ここで会えてラッキーだったよ。葉山くんに頼みたいことがあるんだ」

政貴が言う。

「え？　ぼくに？　ギイにじゃなくて？」

「残念ながら、ギイだとてんで、ダメだから」

ええーっ⁉

ギイがダメでぼくならＯＫ？　そんな、ありえないほど低確率な『頼みごと』って、いったい、なに？

「葉山くんは、何時のバスで家に帰る予定？」

「えっと、まだ決めてないけど」

「もし時間大丈夫なようなら、昼食の後で、少しつきあってもらってもいいかな」

「あ……、うん」

「ギイには俺から話しておくから」

「やっ、ギイは別に、関係なくて——」

「じゃ、よろしく」

政貴はにっこり笑うと、急ぎ足で階段を駆け上がって行った。

「――ぼくたち、今はつきあってるとかじゃないんだけど……」

って、どうして誰もまともに取り合ってくれないのだろうか！

むなしい。

確かに、

「ごめんね、こんなことにつきあわせたりして」

政貴の頼みごとは、あのギイでも難しい、かも。

「ううん、全然かまわないよ」

こんなこと、どころか、かなり重要なことではないか。「ぼくで良ければいくらでも協力するよ、ソルフェージュ」

完全無欠のギイなれど、比較的苦手なのが音楽なのだ。

と、知ってる人は少ないが、少ない中に、どうやら政貴が含まれているらしい。

だがそれよりも、

「野沢くんが音大志望ってことに、驚いたけど」

ぼく以外にも、いたなんて。

「ダメモトでね」

照れたように笑う政貴は、「葉山くんも音大志望なんだよね？　担任の大橋《おおはし》先生がそうおっしゃってたけど」

と言った。

「大橋先生が？　野沢くんに？」

いつの間に、まるきり接点のなさそうなふたりが、そんな話を？

「音楽は続けたいけどなかなか決心がつかなくて、夏休みに入る直前に、ようやく、音大を受けることを担任に伝えに職員室へ行った時に、うちの担任の隣の席の大橋先生が、葉山くんのこと、数少ない『仲間』だから協力し合うといいかもしれないねって、おっしゃって」

「……そうなんだ」

「ごめん、やっぱり迷惑だった？」

「あ、じゃなくて、ちょっと感動っていうか、ぼくも大橋先生に、いろいろ良くしてもらってるから」

バイオリンの練習に温室を使わせてもらったり、専門外だけれど協力するよと、応援してもらったり。

「おっとりした外見の先生だけど、大橋先生ってすごいんだよね？」

誰もいない閑散とした特別教室だらけの第二校舎を、ふたり並んで歩きながら、政貴が続ける。「ギイに勝るとも劣らない記憶力というか、入学式の段階で、新入生全員の名前と顔が頭に入ってるんだって？」

「え、そうなのかい？」

それは、すごいぞ。

「ギイがそんなことを以前に言ってたような気がするんだけど、うろ覚えで。だから今のは確認も兼ねて、葉山くんへ訊いたんだけど……」

「ごめん、訊き返しちゃった」

言われてみれば、ギイからそんな話を聞いていたような、……いないような？

「おまけにとことん温厚だし。癒《いや》し系ナンバーワンの先生だよね」

「そういう野沢くんも、かなりの癒し系だと思うけど」

「ありがとう。でも駒澤には『癒し系』じゃなくて『ムシン系』だって言われてるよ」

弾けるように政貴が笑った。

「ムシンケイ……？　──無神経？」

「そう。無神経」

「へえ。意外だな」

「だろう？　ああ見えて、言う時は言うんだよ」

「じゃなくて、野沢くんて、無神経なのかい？」

ものすごく繊細そうに見えるのに実はタフ、ということは知っている。

だが、タフと無神経は、別物だよね？

「無神経というか、俺はかなり大雑把だから」

おおざっぱ？

「見えない、けど」

「駒澤が繊細だから、俺がこんなで、むしろ、ちょうどいいんじゃないかと思ってるんだけどね」

否定するのも肯定するのも微妙な感じで、ぼくはちょっと、返事に詰まる。

まあ、駒澤瑛二《えいじ》が繊細なのは、わかってるんだけれども。

ギイより身長があって、どこもかしこもごつくて、大きくて、いつもなんだか不機嫌そうにむすっとしてて、とことんおっかない印象の下級生だが、でもそれらは飽くまで外見だけで、内面はとても繊細で優しい男だということを。

しかも、気も利く。

「野沢くんて、相変わらず駒澤くんが大好きって、感じだよね」

瑛二の話をする時に、やたら嬉しそうだ。

「それは仕方ないよ、実際大好きなんだから」

繊細そうな外見をみごとに裏切る、政貴のこの潔さも、相変わらずだ。

「卒業したら、離れ離れになっちゃうね」

「まあね」

政貴は曖昧《あいまい》に頷くと、「でもそれは、俺たちに限ったことじゃないから。学年が一緒でも、遠く離れ離れになるカップルだって、普通にいるだろ？」

こともなげに、政貴が言う。

ぼくはぎくりとして、だが政貴は、

「一般論としてさ」

笑って、さらりと流してしまう。

政貴って、なんか、いいよなあ。話してて、追い詰められることがない。いつもちゃんと、相手に逃げ場を作ってくれる。

ちっとも大雑把なんかじゃないよなあ。むしろ、気配り巧みだよなあ。

やがて到着した、音楽の授業で通常使われている第一音楽室ではなく、勝手知ったるナント
ヤラ、政貴が部長を務めるブラスバンド部の活動場所である第二音楽室。

来る途中、職員室で借りてきた鍵で施錠を解いた政貴は、

「うわっ、これはひどいな」

大きな古い木の扉を押し開けた途端、眉を顰《ひそ》めた。

広い音楽室いっぱいに、真夏の蒸した空気がむんむんと満ちていた。

「ごめん葉山くん、急いで窓を開けるから、ちょっと廊下で待っててくれないか」

政貴が南側の窓へ小走りに行く。

「手伝うよ」

ぼくは北側の窓へ。

次々に開けていくと、北から南へ涼しい風がどんどん流れて、

「祠堂って、真夏でも窓さえ開ければクーラー要《い》らず、だね」

涼しさにほっと息を吐きながらぼくが言うと、

「なのに、かなりのエコでも学校は休み」

政貴は笑って、「暖房費のかさむ冬の休みは短かくて、不経済だよね」

笑いながら、音楽室の前方に置かれたグランドピアノに歩いて行った。

ぼくもピアノに向かいながら、

「夏休みを減らして、その分、冬休みを長くすればいいのにな」

冗談交じりに提案すると、

「北国みたいにね」

政貴が笑顔のまま相槌《あいづち》を打った。「私立なんだから、学園長の一存でそういうこと、自由に変えられると思うんだけどね」

「階段長会議とかで、そういうの、議題になったりするもの？」

「なるよ。たまにね。学校生活全般の改善が、一番大きなテーマだからさ」

「へえ……」

「前例や伝統はどうあれ、懸案事項に対しては柔軟に現実に即すべき、って、合理主義者が多いんだよ、今年の階段長には」

「ギイと矢倉《やぐら》くんは、まさにそんな感じだけど、吉沢《よしざわ》くんは？」

「保守的に見えるけど、そうでもない」

「――ああ、そうかも」

なんというか、おっとりしつつも本質を見抜く、みたいな、印象がある。

「え？　じゃ、野沢くんは？」

「俺もかなりの合理主義だから」

「だったら全員じゃないか」

「だね」

政貴は軽く笑うと、「だから、階段長会議ではすぐに意見はまとまるんだけれど、それを学校側に申し立てると、その後が長くて」

「先生たちは保守的なの？」

「革新の教師なんか基本この世にひとりもいないって、前にギイが力説してたよ」

政貴は思い出し笑いをすると、「大人はすぐリスクを毛嫌いするから進歩が止まるんだ、とか、どうとか」

「ギイ、ギャンブラー体質だし？」

「そうそう、やってみなきゃわからないって、二言目にはね」

「じゃあ学校側と揉《も》めるだろ？」

「いや、揉めないよ。うちには優秀な生徒会長がいるから」

「え？　三洲くん？」

「彼が、職員会議と階段長会議の間に立って、意見調整をしてくれるんだ。で、双方に譲歩案を呈してくれると」

「そんな仕組みが……」

あったとは！

「俺たちは言いたい放題だからね、反して学校はとにかく変えたがらないから、譲歩案を捻《ひね》り出す三洲は相当苦労してると思うけど、またそういうの、三洲は表に出さないから」

そうか、ギイが三洲に敬遠されてる原因に、もしかしたら、それも含まれてるかも。

「受験勉強もしなくちゃならないのに、大変だな、三洲くん」

「あ、それだ！　ごめん、のんびり雑談してる場合じゃなかった。本題に入らないと」

政貴は苦笑しながらグランドピアノの譜面台を立て、鍵盤《けんばん》の蓋《ふた》を開けた。

譜面台に載せられた、ふたつに折られたコピーの束。

「試しに自分でいくつか問題を録音してみたんだけど、自分で弾くとけっこうメロディーを覚えちゃっててね、いざ聴き取ろうとしてもちっとも練習にならないんだよ。楽譜が目に残ってて、純粋な聴音の練習にならないというか。一度弾いた程度でも、いつまでも忘れないものなんだよね」

政貴の頼みごととは、ぼくにソルフェージュの、音大入試用の聴音の問題をピアノで弾いて録音してくれないか、ということであった。

つまり、今回はさすがに、あのギイでも無理である。

「確かに」

目から入った情報というのは、存外、抜けない。

ぼくはバイオリンを師事していた須田《すだ》先生の所で聴音も教えてもらっていたので、問題を自分で録音して、という練習方法はやったことはないのだが、

「音符って、目で追うだけで、けっこう頭に入っちゃうよね」

「だろう？　それで困ってしまって」

「これって、音大の過去問のコピー？」

「そうなんだ。問題集にCDとか付いてたら、ありがたかったんだけど。あ、録音してもらうお返しに葉山くんにも録音しようかと思ってるんだけど、葉山くんって、バイオリンやってるくらいだから、絶対音感なんだよね？」

バイオリンをやっている人全員が絶対音感の持ち主かと訊かれたら、それはどうなのかよくわからないが、

「うん、そこそこ」

すみません、さほど取り柄のないぼくですが、聴音だけは、ばっちりなんです。

あ、あと、暗譜も。

「ということは、聴音は……」

「うん、それなりに、できるから」

「そうかー。やっぱりなあ」

「野沢くんて、ブラバンでクラリネット吹いてるんだよね？」

「祠堂ではね。でも小学校の高学年から中学までは、トロンボーンやってたんだ。だからトロンボーン歴の方が長いんだよ」

「え。じゃあ、どっちで受験？」

「トロンボーン」

「なら、どうして祠堂でクラリネット？」

「数合わせでね。合奏する時、クラリネットは本数が必要だろ？　オーケストラでいう、バイオリンと同じポジションだからさ」

「量的にたくさん必要ってこと？」

「そう。それに、たまに俺が指揮を振るから、最低本数しかないトロンボーンだと、抜けられないし」

「――そうか、うちのブラバン、人数ぎりぎりだっけ」

「でもまあ、おかげで少数精鋭だけれどね。今年の一年、かなりすごいよ？　文化祭でのステージ演奏、楽しみにしてていいから」

「新入部員に楽器経験者、多かったとか？」

「そうなんだ。しかもみんな、練習熱心だし」

「それにしても野沢くん、トロンボーンもクラリネットも吹けるなんて、すごいね。性質まったく違うのに」

そもそもマウスピースからして、トロンボーンとでは、リードを使うクラリネットはずいぶん勝手が違うだろうに。

サクソフォーンとフルートを兼任する演奏者はよくいるけれど、とはいえそれらは、安定した音階を取れるヴァルブシステムの楽器同士で、片や、クラリネットはともかく、トロンボーンは管をスライドさせて音程を取っていく、ある意味弦楽器のような、安定した音程の取りにくい楽器である。

「実は、クラリネットはさほど上手じゃないんだ」

「またまたー」

政貴が笑う。

そんなことはない。政貴のソロを聴いたことがあるが、かなり、うまい。

「優秀な一年生たちのおかげでパートも揃ってきたことだし、そろそろ部活の名前を改めないと思ってるんだ。一応、顧問の先生に申請をお願いしてるんだけど」

「ブラスバンド部じゃ、何かまずいの？」

「あれ、ギイから聞いてない？」

ギイ？　なぜに、ここでまたしてもギイ？

「ううん、なにも」

「ギイによると、ブラスバンドって文字通り、金管楽器のみのバンドのことなんだってさ。木管楽器抜きの」

「木管楽器って、あ、クラリネットとかフルートとか？」

「そうそう。だから、野沢たちのやっているのは正しくは吹奏楽で、つまりはウインド・オーケストラで、明治以降、日本の軍楽隊に於ける吹奏楽文化の流入の経緯からして、名称がごっちゃになっちゃったのはやむを得ないとして、そろそろ、そのあたりは明確にした方がいいとかどうとかって」

——いやはや。

「ギイって、やたらと日本の歴史に詳しいよね」

いつも感心させられるが、やたらめったら、詳しいぞ。阿片《アヘン》取引の歴史に関してまでも、詳しかったものなあ。

まるで雑学キングだよ。

「半端でなくね」

大きく頷いた政貴は、「ギイ曰《いわ》く、一説によると、本来、吹奏楽を表すドイツ語のブラスオルケスターとイギリスのミリタリーバンドが合体して、日本では、なぜか金管バンドを指すところのブラスバンドになってしまったらしいと。軍楽隊の指導者が複数の国から招かれたがために云々《うんぬん》って、細かいところは忘れてしまったけれど、ギイの説明は理解できたからね、創部早々なんだけど、名称の変更を申し込んだんだ」

「じゃあ来年からは、吹奏楽部？」

「間に合えば、文化祭から、吹奏楽部」

嬉しそうに笑った政貴へ、

「野沢くんて、部活にも愛があるよね」

駒澤瑛二だけでなく。

ぼくは思わず、呟《つぶや》いた。

「ありがとう」

笑顔のまま政貴は、「まずい、けっこう話が脱線しちゃったね」

急いでズボンのポケットから録音できるタイプの小型のＭＤプレーヤーを取り出して、譜面台の脇に置いた。「ここが録音のスイッチで、こっちがポーズ」

「うん、わかった」

ぼくは聴音の楽譜を開くと、「これ全部？」

政貴に訊く。

「いや、そんなには、いらないかな。一日一曲か二曲やるとして、取り敢《あ》えず十ページくらいあれば充分だよね」

「多分。あ、試験の時と同じスタイルで録音しておけば良い？」

「うん、助かるよ。俺、聴音なんてやったことないから、受け方もよくわからないし。というか、聴音にスタイルがあるのを、今、知ったよ。どうやるの？」

「えーと、単旋律の聴音の場合、基本的に出題は一曲八小節で、冒頭に、何調の、何分の何拍子かを告げて、一拍の速さはアンダンテくらい。たいてい、始める前にカウントを出すんだけれど、一回目は全曲を通して弾いて、間隔を十五秒くらいおいてから、二回、前半の四小節のみ弾いて、それから全曲を通し、次に後半の四小節をまた二度弾いて、最後にまた全曲を一回通す。という形なんだけど」

「……へえ」

政貴は、感心したように、ぼくを見る。

「でも、大学によっては全曲通して全部で四回、とか、五回、とか、まちまちらしいんだ。だからさっきのは、一般的なスタイルなんだけど」

「それでいいよ、まずはそこから、かな」

「あ、そうだ、和音も入れる？」

「和音？　音大の入試に和音もあるのかい？」

「多分。大学や受ける楽器によっては二声とか、おそらく四声くらいは出るかも」

「二声？　四声？　え？」

「あ、音は少ないけど難しいのは二声の方で、対旋律の聴音なんだ。ピアノ科の人には必要かもしれないけど、ぼくたちには要らないかもしれないから、だから、四声？」

「わかった。じゃあ、試しに少しだけ」

「そしたら、基本の三つの三和音だけ、いろいろ展開させて入れておくね」

「基本の三つの三和音、って？」

「主音のドから始まるドミソの和音と、下属音のファから始まるファラドの和音と、属音のソから始まるソシレの和音。そこに、それぞれもう一音ずつ仲間の音を付け足して、どの和音も音の種類は三つだけれど、鳴る音は四つの聴音なんだ。それを、バリエーションを変えて鳴らしていって、記譜は全音符、一小節の一和音ずつで、まずは八小節。調はハ長調、記譜は大譜表のト音記号とへ音記号の両方を使うんだ」

「なるほど」

一度の説明であっさり理解した政貴は、胸を手のひらでおさえると、「それにしても助かるなあ」

溜め息を吐いた。「楽器はそこそこやってたけれど、個人的に専門の音楽の先生についてたわけじゃないからさ、こういうの、まったくわからないんだよ。やっぱり葉山くんに頼んで良かった」

「でも、まだ録音してみてないから。ピアノが下手すぎて、問題としてちっとも役に立たなかったらごめんね」

「そんなこと」

笑った野沢は、つと腕時計を見て、「それじゃ、一時間くらいでいい？」

ぼくに訊く。

「うん」

「この間に昼食、済ませてくるよ」

「わかった」

ここに政貴が同席していては、わざわざ他の人に問題を録音してもらう意味がなくなる。のであった。

ぼくは廊下を歩く政貴の靴音が消えるのを待ち、

「では、始めますか」

MDの録音ボタンを押した。


扉に、ちいさくノックがあった。

それこそ、指の爪の先で、ととっと軽く叩いただけの、聞こえるか聞こえないか、ぎりぎりの、ささやかなノック。

録音を邪魔しないよう、気配りたっぷりのノックに、ぼくは切りのよい所まで弾いて、録音のポーズを押すと、

「どうぞ、大丈夫だよ」

声を掛けた。

だが、遠慮がちに扉の外へたたずんだままの人影は、そこから動こうとしない。ぼくはピアノの椅子から立ち上がり、音楽室の扉を開けながら、

「野沢くん、早かったね」

言うと、

「よ」

そこにいたのは、ギイだった。

ぼくは、いきなり、赤面した。

てっきり政貴と人違いしたことに、ではなく、

「び、びっくりした」

驚いたのも、そうだけれど、

「録音、順調？」

廊下にたたずんだまま、ギイがピアノを指さす。

「うん、どうにか」

そうではなくて、

「オレ、中で見学しててもいい？」

「……いいけど」

昨日の朝まで何日も何日も一緒にいて、さすがに今朝はそれぞれの家から別々に登校してきたが、たった一日、顔を見ていなかったというだけで、なんというか、目が慣れない。

廊下に差す、明るい陽光。

その真夏の陽の光よりも、きらきらと眩《まぶ》しい人。

「どうした、託生？」

「ううん、別に」

どうしてこんなに、綺麗《きれい》なんだろう。

「入っていい？」

ギイが訊く。

「うん、いいよ」

「キスしていい？」

「う……、え？」

ちゃんと返事をする前に、ぼくはギイに抱きしめられた。

人気のない廊下、それでも、周りが気になって、

「ギイ」

拒むと、

「キスだけだから」

ギイは妖《あや》しく囁いて、ぼくを音楽室へ押し戻した。

『ギイには俺から話しておくから』

寮の階段での政貴のセリフ。

本当に彼は、なんというか——。

「実にちゃんとしてる人だよなあ」

大雑把どころか、とんでもなく、しっかり者だと、ぼくは思う。

「なに？」

独り言を呟いたぼくの顔を覗き込んで、ギイが訊く。

「ううん、なんでも」

心地よいギイの腕に包まれて、何度となくキスをする。

「それにしても、今年の学園長の伝統訓話、やけに力、入ってたよな」

ふと、ギイが思い出し笑い。

「——そうだっけ？」

あれ、そうだったかな？

話は普通に一時間続いたけれども、何かの講演会じゃあるまいし、朝礼で一時間はさすがに長いが、去年もそれくらい、長かった。

「いつもと同じじゃないの？」

「いや、違うね」

ギイが言い切る。「あれは絶対、張り切ってた。面白いよな、学園長」

ちなみに、ここは祠堂学院なのになにゆえ学園長なのかというと、彼は、同時に経営している、山奥の学院と真逆の環境、開けた市街地のど真ん中にある兄弟校、祠堂学園高等学校を、こよなく愛しているからなのであった。

「今年に限って張り切ってるってこと？　どうして？」

「さあなあ、どうしてだろうなあ」

ギイは愉快そうに頷いて、はぐらかす。

——いいけどね。

「前からちょっと疑問に思ってたんだけど」

滅多に院へ訪れることのない学園長、「学園ばかりひいきにしないで、少しは院にも愛情をかけてもらいたい、とか、こっちの先生から苦情が出ることって、ないのかな？」

「ないみたいだぜ」

「え、ないの？」

「あれも一種の人徳だよな」

ギイが笑った。

ということは、ギイが笑ってそう言ったということは、つまり、

「……学校に不可欠な人って、思われてないってこと？」

誉《ほ》めてないはずだから、そういうことか？

「違うって」

弾けるように声立てて笑って、「生粋ぼんぼん風な外見してるけど、っていうか、やることなすこと、そんな感じの学園長だけど、自由気ままにやってる割に肝は押さえてるんだよ。かの島田《しまだ》御大に生徒指導部任せてるし、本来医者である中山《なかやま》先生に校医を任せてるし、なんていうか、自分が不在でも学校運営が潤滑にいくような人事がうまいのさ」

ギイがウインクする。

「つまり、優秀な人ってこと？」

「多分に殿様体質なんだよ。よきにはからえ、ってさ」

「――へえ」

「おかげで、うちも助かってる」

「いや、なんでもない。それより託生、オレまだキス足りない」

「ちょ――、あ……」

妖しいキスを重ねてくるが、とはいえ服の上から体をまさぐられることもなく、キスだけ、の約束を守っているギイ。

だが、いつまでもうっとりしている場合ではない。

「ごめんギイ、続きやらないと」

まだ和音の録音が手付かずだ。

「そんなに慌てることないって」

離れようとしたぼくを引き寄せて、「どうせ野沢、泊まりだから」

腕に包んで、ギイが囁く。

「泊まり？　どこに？」

「学校に」

「学校って、ここ？　寮に？　泊まっていいの？　大丈夫なの？」

「届けを出せば、大丈夫だよ。ただし、食事は出ないけどな」

「え？」

「そうだよね」

学食のおばちゃんたち今日だけで、後は九月になるまで夏休み、だものね。

「オレも泊まりだ。託生はどうする？」

「――え？」

目を上げると、ギイがまっすぐぼくを見ていた。

「どうって……」

口籠もるぼくに、

「オレたち、ここで別れたら、学校が始まるまで会えないんだぜ？」

追い打ちを掛けるように、ギイが言う。

「……ギイ、アメリカに帰るんだよね」

なんだかだでぼくたちは、夏休みが始まってから昨日の朝まで、ほぼべったり一緒にいたのである。つまりギイは、休みになったのにもかかわらず、まだ一度もニューヨークの実家に戻っていないのであった。

「さすがに帰らないと、まずいからな」

「そうだよね……」

「この先、二週間以上も会えないんだぜ？」

「ギイ……」

「オレは託生と一緒にいたい。――託生はどうする?」

「ずるいよ、その訊き方」

そんなふうに訊かれたら、「断われないじゃないか」

ぼくだって、ギイといたい。

「なら託生、今夜オレの部屋、泊まりに来る?」

「ギイのゼロ番?」

「泊まりに来いよ」

な?

と、促され、

「……うん」

やがてぼくは、ちいさく頷いた。

葉山くんに質問

「隣、いい？」

するっと訊かれて、

「どうぞ、空いてます」

応《こた》えてから、ぼくはぎょっとした。

高林泉《たかばやしいずみ》。

遺恨があるわけでは決してないが、とはいえ、親しい間柄でもない彼は、だが、

「ひとりきり？　連れ、なし？」

親しい友に話しかけるように気軽に訊いて、さほど混んでもいない学食、なのに、ぼくの隣の席へちょこんと腰を下ろした。

「あ、うん、ひとり」

今夜の夕食は、同室の三洲とも、皆にはナイショのおつきあいであるところの恋人のギイと

も、なにげに一緒になることの多い赤池章三とも、利久《としひさ》とも、同席ではない。

「いっただきまーす」

ぱんと両手を合わせてから、もりもり食べ始めた高林泉の、そのルックスのあまりの可愛らしさといい、小柄な体型といい、もりもり食べているのにもかかわらずそれすらも愛らしい仕草のなにもかも、やっぱり同じ男とはとても思えない不思議さに、ぼくはしばし、ぽかんと彼を眺めてしまった。

「——なに？」

フォークの手を止めて、彼がぼくを見上げる。

「あ、いや……」

別に、用向きは、ない。

「そうだ、ちょうどいいや、僕、前から葉山に訊いてみたいことがあったんだ」

高林泉が言う。

「……え、と、なんでしょう」

つい身構えてしまうのは、まあ、過去の諸々《もろもろ》からして仕方がないような、気がする。

「葉山ってさ、ギイの過去って気にならない？」

「ギイの過去？　って？」

高林がギイにご執心だったこと、とか？　今更、ですか？

え？　それって、つまり、どういうことだ？

「違うよ」

高林泉はぼくの動揺を見抜いたように、「ギイはものの譬《たと》え。つまり、恋人の昔の恋愛歴のことだよ」

「あ、そうですか」

ホッとしたのも束の間、ぼくは、別の意味で返答に詰まる。

三年生に進級してから、ぼくとギイはただの友人のふり、をしているわけで、

「でも、別に、今は、ギイとは、特にどうとは……」

遠回しに『もうつきあってはおりません』と、伝えてみたのだが、

「他に参考になる意見が聞けそうな奴がいなくてさあ」

高林泉はマイペースに話を進める。

他の皆と同じように、やはり、取り合ってはもらえなかった。

「高林くん、参考って、何の？」

「僕はね」

高林泉はストンと声を落とすと、つい、ちいさくなった声をちゃんと拾おうと彼へ近づいた

ぼくの顔へと、鼻先が触れんばかりに顔を寄せると、「吉沢の過去が気になってしょーがないんだ」

こっそりと、告げた。

まつげ、長いな。

じゃ、なくて。

「……へえ」

ぼくはゆっくり、顎《あご》を引く。

そうか、――そうか、そりゃそうだよな。現在、高林泉は弓道部の星である吉沢道雄《みちお》にベタ惚《ぼ》れなんだものな。

思い直して、無意識に安堵《あんど》している自分に、我ながら情けなくなる。

嫉妬《しっと》などという感情は、自分にはあまり縁のないものだと思っていたけれど、こんな些細《ささい》なことでもドギマギしてしまう、自分の気持ちの現実に、今更ながら、情けなくなる。

「ギイ、つきあったことがあるの、葉山だけってことはないよね？」

「さ、さあ、それは……」

穂乃香《ほのか》さんからこの夏に、ちらっと、そうではないらしいことを聞かされたが、具体的なことは、なにも知らない。

というか、ギイに訊いてみたことは、ない。

ギイはぼくの過去を丸わかりしているが、ぼくは、彼のことを、周辺情報を含め、実はさほどよく知らないのだ。

だって、おっかないではないか。

「知らないの？」

「いや、全然」

「え、なんで？　知りたくない、そういうこと？」

「いや、全然！」

ぼくは慌てて、否定する。

実際にまったく知りたくないわけではないが、そんなこと、心の準備もなしに問われても、そうとしか返答できない。

高林泉がまだギイに関心を持っているのかも、と、ほんの少し疑っただけでこんなに気持ちがざわつくのだ。実際につきあっていた恋人、ではなく、単にギイに片思いしていた人のことを考えるだけで、こんなに気持ちがざわつくのだ。

ざわつく面子がこれ以上増えるのは、できれば勘弁してもらいたい。

みすみす荒波に飛び込むなんて、とてもできない。

「だってギイ、知りたがるだろ？」

「知りたがるって？」

「葉山の過去。何人くらいとつきあったか、とか」

「そんなことは、ないよ」

ないと、思う。

うん、ないな。

ぼくも訊かないけれど、ギイに訊かれたことも、ない。

「吉沢も、訊かないんだ」

高林泉が複雑そうな表情で言う。「でも僕は、気になるんだ」

すごいな、心が強いんだな、高林くんて。

「——それで、訊いたの？」

「過去ゼロだって。でもそんなの、信じられる？」

「や、あ、うん」

奥手の権化みたいな吉沢ならば、そういうことも、ありそうだ。

第一、吉沢の初恋の相手が、目の前のこの人なのだ。もし高林泉以外に吉沢が誰かとつきあった過去があるとしたら、好きでもないのにつきあったことになるわけで、そういうの、吉沢らしくないというか、吉沢に限ってありえない、気がする。

「葉山、ほんっとーにギイの過去、気にならない？」

いきなり矛先が、こちらに戻った。

「えっ!?　な、ならないよ！」

自己申告されそうになったら、瞬時に耳を塞いでしまいたいくらい、できれば一生、知りたくない。

「ふうん」

高林泉は意味ありげに何度か頷いて、「まあ、そういうやり過ごし方も一理だよねえ」

ぼくの顔をじっと見た。

——自覚はあるのだ。

こんなに知りたくないくらい、実は、とっても気にしていること。

おっかないのに、無視もできない。

「じゃあ、うっかりギイの過去を小耳に挟んでも、葉山にだけは伝えないでおくよ」

意地悪でもなく、親切でもなく、他意なくそう言った高林泉は、「今夜は学食で葉山に会えて良かったなあ。ちょっとすっきりした」

と、笑った。

笑うとパッと花が咲いたようで、下心なんか微塵《みじん》もなくても、ドキリとする。

唐突だが、吉沢の心労が少し理解できたような気がした。高林の過去云々を取り沙汰《ざた》している余裕なんか、きっとない。現在の彼の動向が気になって。

現在も気になるし、過去も気になる。

恋愛って、けっこう、大変だ。

プロローグ

side A

300号室、ギイのゼロ番。

ノックと同時にドアが開き、

「ギイ、ちょっといいかな」

3－Cの級長、蓑巌玲二《みのいわれいじ》が顔を覗かせた。

千客万来を謳《うた》っているわけでもないのに、来客の途切れたことのない祠堂学院のアイドル
——本人はこの表現を甚《いた》く嫌うのだが——崎義一の部屋。

三階の全学生たちの世話役である階段長だから、というだけでなく、カレンダーは九月となり、卒業までの残り少ない月日の中で（三階の住人であろうとなかろうと！）僅《わず》かでも彼と接点を持っていたいと望む気持ちは、まあ、下心など微塵もない蓑巌にも理解できなくはないのであるが、その300号室に、珍しく、今夜はギイひとりきりであった。

「蓑巌？　もうじき消灯前点呼だってのに、どうした？」

不思議そうに訊くギイへ、

「入っていいよね」

玲二は返答を待たず、ギイの脇を抜けて300号室へ入った。

「蓑巌？」

らしくない強引な行動に、ギイは怪訝《けげん》そうな表情となる。

「ギイ、ドア閉めて」

「なんだよ、オレにドア閉めさせて、どうする気だよ」

怪訝さ丸出しながらも、それでもギイは後ろ手にドアを閉め、「おかしいぞ、蓑巌。こんなところでのんびりしてると、点呼にひっかかるぞ」

「すぐに帰るよ」

玲二は言うと、「俺はいいけど、ギイはこの話、他人に聞かれたくないんじゃないかと思ってね」

「それはそれは、お心遣い、感謝いたしますって蓑巌！　よもやまさか、恋の告白とかするんじゃないだろうな？」

「しないよ」

即答した玲二に、

「なら、いいや」

ようやくギイが軽く笑った。

なら、いいや？

「――ある意味、失礼だな、ギイ」

「そうか？」

「第一、図々《ずうずう》しいよ。自分が乃木沢《のぎさわ》さんより勝ってるつもり？」

「負けてる負けてる、悪かった」

「冗談はさておき」

「へ？　今までのやりとり、全部冗談なのか、蓑巌？」

「点呼までそんなに時間がないから単刀直入に訊くけれど、ギイ、最近、葉山くんに会ったかい？」

「――託生？」

飛び出した『葉山託生』の名前に、ギイが瞬時に、警戒の色を濃くする。

和んだ空気が一瞬にして吹っ飛んだ。

「もう葉山くんとはつきあってないとか、そういうくだらないおためごかしは今はいいから」

だが、その想定内の反応に、玲二はさっさと機先《きせん》を制する。

途端にギイは決まり悪げな笑みを作り、

「ここ数日は会ってないよ」

正直に告げた。

「だとしたら、最近の葉山くんの様子については、よく知らないんだよね」

「託生の様子？」

繰り返しながら、にわかにギイは不安になった。

今年、玲二と託生は同じクラスで、しかも級長と副級長の間柄である。間違いなく、恋人の自分より、託生の日常に詳しいのは目の前の、この男だ。

「――また、体調が悪くなった、とか？」

三年に進級したばかりの四月、短かい期間ながらも自分のせいで、接触嫌悪症が復活してしまった託生。

だがしかし、二学期が始まってからこっち、託生を不安にさせるような態度も事態も、与えてはいないはずだった。それどころか、夏休みのべったり一緒だった甘い気分すら、ふたりとも、まだ抜けずにいるくらいなのだ。

数日前に会った夜、自分だけでなく、確かに託生もそうだった。

「やっぱり、知らないんだ」

そうじゃないかと思ってたけど。

と、ちいさく続けた玲二へ、ギイは更に不安になる。

「やっぱりってなんだよ」

「ギイが知ってて四日もってのは、ありえないかと思ったから」

「蓑巌、ちっとも話がわからん」

「つまり、体調が悪くなったということじゃなくて、——どう言えばいいかな。ギイ、一年の渡辺綱大《わたなべつなひろ》くんって知ってるかい？」

「渡辺綱大？　ああ、確か1-Cの評議委員やってる？」

「さすがギイ。もしかして、今年の一年生全員の動向、把握してるとか？」

「んなわけないだろ」

「してててもギイなら驚かないけど」

異常なほどに記憶力が良く、異常なほどに人のことを良く観察《み》ている。

間違いなく、祠堂で、その、実家という名の強力なバックグラウンドを抜きにしても、できれば、いや、絶対に敵に回したくない男、ナンバーワンである。

「オレのことじゃないだろ」

ギイが軽く、玲二を睨んだ。「今は託生の話をしてる」

「そうでした」

玲二は話を元に戻す。「葉山くんにギイという存在がいると知らなければ、葉山くんがその一年生に一目惚れしたんじゃないかと疑うところなんだけれどね」

「……はあ？」

「ギイ、目が据わってる。コワイよ」

やれやれ。

他人事なれど、こんな調子で、ふたりがつきあっていないふりをし通そうだなんて、愚策とまでは言わないが、ギイにしては相当の無理がある。

敏腕風紀委員長でギイの親友である赤池章三の推察では、本音を見透かされないための小道具として、進級と同時にギイは伊達メガネをかけているらしいのだが、ともあれ、こんなにバレバレでは、『無駄なあがき』と周囲に思われちゃっているのは、まあ、仕方あるまい。

「託生がどうして、渡辺綱大に惚れたと思うんだよ」

「詳しく話すと長くなる。もう消灯だし」

「だったら手短に要点だけ話せよ」

「わかった。細かい経緯はさておいて、葉山くんは渡辺くんにケガをさせたお詫《わ》びにと、足繁く渡辺くんの所へ通ってるんだよ」

「――なんだ、それ」

「ギイ、声も怒ってる」

「怒ってない」

「だったらそんなに不機嫌そうにしないでくれよ」

「だが、笑うのは無理だ。――それで？」

「ところが渡辺くんは、不注意は自分の方にもあるので、そんなに責任を感じなくていいからと、葉山くんの日参を断わってるのに、それにもかかわらず、葉山くんは渡辺くんを昼休みや放課後に訪ねるんだよ」

「毎日か？」

「そう、毎日。今日で四日目。いくら葉山くんが律義な性格をしているとしても、やり過ぎのような気がするし、もしギイが知ってたら止《や》めさせていそうだし、ということは、葉山くん、このことをギイには伝えてないのかなって」

「………」

どんなに些細《ささい》な出来事でも、気掛かりなことが起きたならば真っ先に相談にやってくる託生が、ケガさせた相手を四日も様子見に通うような出来事を、チラとも話しに来なかったという事実に、正直、愕然《がくぜん》とした。

「だとしたら、余計なお世話かもしれないけれど、俺はギイには一方ならず恩があるからね、伝えておくべきかと判断して、――ギイ、大丈夫かい?」

「ああ。だが、オレには全部が不可解だ。そもそも、託生がケガさせたって、なんだよ」

その時、消灯十五分前の放送がかかった。

「ギイ、俺そろそろ戻らないと」

「帰るな、蓑巌」

「さっきは、部屋に入って来るな、とっとと帰れって表情《かお》してたのに」

からかう玲二に、

「悪かった。確かに蓑巌の言うとおり、誰にも聞かれたくない話だよ」

「ドア閉めさせて、正解だろ?」

「ああ、大正解。だから、順を追って、ちゃんと話してくれ」

中途半端に明日に持ち越されようものなら、気になっていたたまれず、真夜中であろうと託生の部屋へ事の真相を質《ただ》すべく、押しかけてしまいそうだ。そして同室の三洲の顰蹙《ひんしゅく》を買い、ますます三洲に嫌われてしまうであろう。――せっかくこの夏、少しだけポイントを稼ぐことができたのに。

「ギイ、点呼のフォロー、してくれるんだよね」

「蓑巌の階の階段長に根回ししておく」

「わかった」

保身も大事だが、ギイにそんな目されたら、そもそも断われやしない。「きっかけは、四日前の放課後の――」


幸か不幸か、第六感はかなり良い方だと自負している。

章三を通して取り付けた託生との放課後の逢瀬《おうせ》、秘密の待ち合わせ場所へ向かう途中、ギイは足を止めた。

教科書の束を胸に抱えた託生が、人気のない渡り廊下の二階の窓から、気遣わしげに中庭をそっと見下ろしていた。中庭のベンチで友人たちと談笑している一年生を。

腕の時計は、待ち合わせまで、残り数分を指している。

「……なにやってるんだよ、託生」

託生のことで、不穏に胸がざわついたことが、過去、二度ある。

一度目は去年の春、託生から兄貴の話を聞かされた時。終始平静を装っていたものの、聞いていてどうにも落ち着かなかった。

二度目は去年の夏、佐智《さち》絡みの時。佐智に心酔している託生の態度に、取り越し苦労と承知でも、落ち着かなくなる。

そして三度目が、今だった。

なにか得体の知れない不安が、打ち消しても打ち消しても、胸に湧き上がってくる。

「イヤな感じだ……」

なによりイヤなのは、託生に理由を問い質しても、たとえ託生が誤魔化さず、正しい返答をしたとしても、自分が望む解決がそこにはないような予感がして、たまらない。

外れたことのないカンの良さが、裏目に出る。

託生は確かに、あの一年に心惹《こころひ》かれているのだ。

それは恋ではないかもしれないが、——あるはずがないと信じているが、たとえそれが恋ではないとしても、託生は今、近くで自分を慮《おもんぱか》る恋人の存在にはまるで気づかず、待ち合わせの時間を気にするでなく、ただただ窓下を、密かにみつめ続けているのである。

side B

「こんな所でなにやってんだ、葉山」

疑問形というよりは遥かに非難めいた口調で、赤池章三が訊いた。

「えっ?」

ぼくはぎくりと振り返って、――いや別に、後ろめたいとかそういうのではなく、あまりに出し抜けに声をかけられたので、単純に驚いたのだ。

教科書の束を小脇に抱えた章三は、心なしか不機嫌そうな表情でぼくにざくざく近づくと、ぼくの顔の真横から、これみよがしにひょっと顔を突き出した。

その距離の近さに(接触嫌悪症とか関係なく)、ぼくは慌てて顎を引く。

章三は、さっきまでぼくが寄りかかっていた渡り廊下の窓の桟に手を遣《や》ると、ざっと眼下を見渡して、

「——なに?」

と訊いた。

「え、なにって、なに? 赤池くん?」

「葉山が、いつにないシンケンなカオして見てるからどんな珍しい光景があるのかと覗いてみたが、ただの校内の風景だ」

ここから見えるのは中庭や隣の校舎、自由な時間を楽しんでいる学生たち。ありふれた放課後の光景だ。

「や、だから、なに?」

さっきから、なに?

常からして冷ややかな物言いをするのが特徴の同級生だが、その持ち味とは関係なく、不機嫌というか、イラっとしている、印象を受ける。

「あ、ギイとケンカでもしたの?」

ぼくが訊くと、

「はあ?」

章三があからさまに呆《あき》れたようにぼくを見た。「ふざけてるのか、葉山? なんだいその、素《す》っ頓狂《とんきょう》な質問は」

「え？　だって、赤池くんがイライラしてる時って、たいていギイとケンカした時とかだから……」

「僕が苛《いら》ついてるのはわかるんだ、それは良かった」

章三は更《さら》に冷ややかにぼくを見ると、「で、葉山？　そのギイとの待ち合わせをすっぽかして、ここでいったいなにしてるんだい？」

「えっ!?」

ぼくはぎょっと腕時計を見る。

「昼休み、僕がわざわざギイからの伝言を葉山に伝えてやったのに、断わっておくが、僕はギイと葉山の仲に関しては賛成しているわけではないのにだ、なのに、わざわざ協力してやったのに、にもかかわらず、約束の時間はとっくに過ぎているというのにな、こんなところでいったいなにをやっているんだよ、葉山」

「ごめっ！　ごめん！」

「謝る相手が違うだろ」

「そうだ、けど、でも、ごめん赤池くん」

「――まあね、葉山にギイに会いに行く気がないんなら、それはそれで僕はちっともかまわないが、むしろ歓迎すべき事態だが、約束を平気ですっぽかすような奴にはな、どんなに頼まれても次からは絶対に橋渡しなんかしないからな」

「そ、それは勘弁してください」

三年生になってからこっち、ぼくたちは、章三の協力なしには伝言ひとつ、うまく伝えられないのだから。

「おまけに祠堂で一番時間にウルサイ男をこんなに待たせるなんて、つくづく度胸あるよなあ葉山」

にやりと笑った章三に、ぼくは本気で青くなった。

そうでした！

「あ、じゃ、ぼく、急ぐから」

ホントにゴメンと章三に手刀を立てるポーズで詫《わ》びを入れ、ぼくは廊下を第一校舎へと全力疾走する。

やばい、やばい。

待ち合わせに、既に十五分近く遅れていた。

だが、ようやく、はっきり、すっきり、理解した。

章三があからさまに不機嫌だった理由も、最初の一言が非難めいていた理由も。

確か今日は、放課後に風紀委員の定例会議のある日で、おそらく章三は会議室に向かう途中だったのだろう。だから、ほとんど生徒が利用しないあの渡り廊下を通っていたのだろう。

「あそこって、特別教室行きの廊下だものな」

だがどんなに章三から冷ややか攻撃を受けても、今日風紀委員会があったことも含めて、ぼくは目茶苦茶章三に感謝していた。

ぼんやりし過ぎて、せっかくのギイとの逢瀬をすっぽかしでもしたら、ギイに対して申し訳ないだけでなく、ぼくこそ、後悔しまくりまくりだ。

それにしても。

そんなつもりは毛頭なかったであろうが、結果的に章三は、待ち合わせの伝言をぼくに伝えてくれただけでなく、待ち合わせにちゃんと（いや、かなり遅刻はしてしまったが）行けるよう、アフターフォローまでしてくれたことになるのだ。

なんてありがたい友人。

「ギイってつくづく、友人に恵まれているよなあ」

素朴な感想。

その恩恵に与《あずか》れるぼくは、かなりなしあわせものである。

自分なりに、相当急いで来たのだが、それでもやたらと広い第一校舎、その南端、廊下を三階まで上がり、屋根裏部屋の入り口に着いたのは、約束の時間より二十分ちょっと遅れ、であった。

「おこ、怒ってるよなあ、ギイ、絶対だよなあ」

呼吸を整えながら、数字を合わせる式の鍵を、ダイヤルには触れずそのまま軽く下へ引いてみる。

かたんと鍵はちいさく外れ、中でギイが待っていることを教えてくれた。

それだけで、ドキドキした。

懸命に走ってきた動悸《どうき》の速さとは異なる意味で。

室内にギイがいると思うだけで、体温が上がる。——恋人がそこにいるのだから、当然のことなのかもしれないが、たとえ恋人でなかったとしても、そこにギイがいる、というだけで、きっと同じようにドキドキするに違いない。

それくらい彼は、誰よりも特別な存在なのだ。

夏休みが明けてすぐの頃はかなり頻繁に会っていたのだが、ここ最近は、疎遠気味だった。

ぼくはぼくで用があり、ギイは間違いなく多忙だったから。

「どうしよう、どう言い訳しようかな」

時は金なり、の精神の国から来た人だけあって、彼は相当に、時間に正確なのだ。

比較的、ちいさな遅刻をしがちなぼくは、何度言われても託生は学習しないな等々と、耳の痛いお小言を散々いただくのだが、けれど彼はどんなに待たされても、憤慨して途中で帰ってしまうということを、過去、一度もしたことがなかった。

基本、寛容な人なのである。

章三とは、きっと、いや間違いなく、類友な、ふたりなのだ。

それはさておき、

「うまい言い訳がみつからない……」

たいした理由もなく二十分以上も遅刻しては、カッコがつかない。

なにか、ギイがあっさり納得してくれて、お説教されようとも許してもらえるような、なにかうまい言い訳はないだろうか。

ドアを開け、解錠されていないよう鍵の偽装を済ませてから（もちろん、偽装のうまいやり方を発案したのはギイである）、念のために内側からは施錠して、屋根裏部屋へ続く狭い階段を上がりながら、ぼくは稚拙な脳みそを必死に働かせていた。

むろん、下手な言い訳をするよりは素直に謝ってしまった方がギイ相手には有効なのだがそれにしても、理由を訊かれた時にしどろもどろでは、やっぱりマズイ。

我ながらウラメシイ性格だが、上手にウソがつけないのだ。

とはいえ、みっともなくて本当のことはとても言えそうにない。

その時、

「遅い！」

いきなり頭上から怒鳴られた。

「ごめん！」

反射的に謝って、見上げるとそこに、光を背に陰になるギイの顔。

「オレの伝言、託生に伝わってないのかと、不安になりかけてたところだ」

表情はよくわからないながらも、そのからかい口調にほっとした。

「ごめんね、ギイ、心配させて」

「いいけどな」

ギイはまた笑うと、「そんなに汗だくで必死に走って来られたら、許すしかないだろ？」

階段を駆け上がるぼくの腕を柔らかく引き上げた。

陳腐な言い訳をするまでもなく、それこそあっさりと、ギイの許しを得てしまった。

そこまでは、もしかしたらラッキーだったのかもしれないが、

「拍子抜け……」

ぼくは、同室者不在の270号室の自分の部屋の机の上へ、持ち帰った教科書を置いた。

無意識に、溜め息がこぼれた。

ぼくを引き上げてくれたギイの手は、そのままぼくの汗で濡れた前髪をくしゃりと掻《か》き上げると、

「悪いな、急用ができちまった。もう行かないと」

と、言ったのだ。

「――え？」

ぽかんとするぼくへ、

「今度はゆっくり会えるよう、時間を調整するから。ごめんな、託生」

ぼくとすれ違いに階段を下りながら、「でも、一瞬でも会えて良かったよ」

笑顔を見せて、けれど笑顔だけしか与えてくれず、急ぎ足で階段を下りきった。

「ギイ？」

階段の上から、不安げに尋ねるぼくへ、
「悪い託生、戸締まり頼むな」
そう残すと、瞬く間にどこかへ行ってしまったのだ。
また、溜め息。
数日ぶりに会えたのに、頬にキスすらしてくれなかった。
「そりゃ、遅刻した自分が全面的に悪いんだけどさ」
急用ができたのに、それでも彼は、ぼくが現れるまで待っててくれた。
そのことは、たまらなく嬉しいはずなのだ。
なのに。
ギイが触れたぼくの腕へ、ぼくはそっと手を重ねた。
なのに、なにかがぼんやりと引っ掛かっていた。
なにかが、いつもと違う気がした。

Sweet Pain

スウィート・ペイン

放課後の3－C、ホームルームが終わってから、

「葉山くん、今日はバイオリンの練習に温室、来るのかい？」

教科書やノートをまとめて帰り支度をしていると、担任の大橋先生に声を掛けられた。

各自がてんでにざわついている教室、ぼくたちが毎日着ている制服、同じように毎日白衣を着ている生物担当の大橋先生は、長い白衣の裾をひらひらさせて、机の間をぼくの方へ泳ぐように歩いて来た。

政貴曰く、ギイに勝るとも劣らないスーパー記憶力の持ち主である、らしい、大橋先生。

その割に、ぼくが進路調査表を出していないことを（いや、お互い様だったりするのだが）ころっと忘れていた、大橋先生。

スーパー記憶力の真偽の程は、ぼくには定かでないのだが、

「もし来るなら、お茶の用意をしておくよ」

優しくて気配り上手な癒し系であることは、間違いない。

教室のぼくの周囲にバイオリンはないのだが、ないから今日は温室へ練習に行かない、ということではなく、確かに、教室から温室へ直接向かう方が移動のロスが少なくていいのだけれど、バイオリンを教室に持って来て一日置いておくのに、抵抗があったのだ。

ちょっと、というより、かなり心配。

教室移動で、クラス全員がここを空けてしまうこともある。不用心で教室に置いておけないからと、特別教室に持参するくらいならまだ可能だが、ことごとく持って歩くのには限度がある。体育の時間など、完全にお手上げだ。

ということで、鍵のかかる寮の部屋に置いておく方がまだ安全。

放課後のたびに教室から寮の部屋へバイオリンを取りに行き、校舎のまだその先の温室まで練習に行くのは決して楽な行程とは言えないが、ぼくなんかが使わせていただくには余りに恐れ多い、ストラディバリウス。せめてもの、ぼくなりの、気遣いである。

「わざわざ、すみません。でも――」

「や、違うんだ。遠慮はしなくていいんだ」

大橋先生は手のひらを忙《せわ》しなく横へ小刻みに振ると、「夏休み明けに、土産のお菓子をいただいてね。始業式の後で温室へ行ったら、冷蔵庫の中にどっさりと」

どっさりと。で、嬉しそうに話を区切ってしまった先生へ、

「……どっさりと？　何がですか？」

気になって訊いたのに、

「それは来てのお楽しみ」

更に嬉しそうに、はぐらかされてしまった。「練習の合間に少しだけこちらの作業を手伝ってくれると、よりおいしく食べられると思うんだけどね」

「肉体労働の後に甘いもの、ですか？」

「そうそう」

「手伝いはぜんぜんかまわないですし、お菓子もすごく食べたいんですけど、これから評議委員会なんです」

「葉山くんが？　うちのクラスの評議委員は蓑巌玲二だったよね？」

評議委員とは、各クラスの代表のこと、つまりは級長のことである。

「今日の評議委員会は絶対に外せないのに、急にどうにもならない用事ができてしまったとかで、副級長のぼくが代理を頼まれまして」

「絶対に外せない？　あ、そうか。文化祭のクラスの出し物、持ち寄るのか、今日の評議委員会で」

「そうなんです。だから、これから戦いの場へ向かわなければなりません」

想像するだに、緊張する。

もし、よそのクラスと企画が被った場合には、その途端、情け容赦ない戦いが展開されるのである。

夏休み明け、第一回評議委員会までの間、祠堂の学生は、やや秘密主義っぽくなる。どのクラスも懸命に知恵を絞ってクラスの出し物を決めるので、よそと被ったならばこっちへ、などと、そう簡単に代案など出せないのだ。

なので、自分のクラスでどんな話し合いがなされているかを必死に隠しつつ、よそのクラスが何をするつもりなのか、密かに探り合いをする、という、かなり性格の悪い日々。

「願わくば、どこのクラスとも出し物が重ならないといいんですけど」

それも今日で、終わりである。

「……葉山くんで大丈夫かな」

ぽつりと呟いた大橋先生は、心配そうにぼくを見る。「決戦の場へ赴《おもむ》くなら、代理は赤池あたりが適任かと思うけれど」

の、セリフを口にした相手がその赤池章三だったならば、ぼくはかなり傷ついたと思うのだが、しかも自分の名誉のためにムキになって言い返したりもしそうだが、大橋先生からおっとりと言われると、心配そうな眼差しも含めて、むっとしたりも落ち込んだりもしないのが、不思議な感じだ。

ひとつ間違えれば、完全に厭味《いやみ》なのに。

人徳というか、……なんというか。

「残念ながら、今日、風紀委員会もありますから」

そもそも、心配されるのは満更わからないではないのだが、

「風紀委員会より評議委員会を――、いや、優先できないか。赤池は、まだ前期だから委員長か。じゃあ抜けられないな。そうだ三洲は？　あ、生徒会長だから、無理か」

「交渉に強そうな面々は、赤池くんや三洲くんも含めて皆、予定が空いてなくて」

あいにくと、他の選択肢がないのである。

「そうか、それは気の毒に、葉山くん」

そうなんです。選りに選って交渉事に一番適していない人間が、今日の代理なんです。しかも評議委員の代理は副評議委員、つまり、副級長がすることの決まりとなっていて、元々これはぼくがやらねばならないことなのでした。

だが、ふと、

「でも今回に限っては、出し物が重なったとしても、代理が葉山くんでもまだ望みはあるかも

しれないねえ」

大橋先生が破顔する。

「――はい？」

ぼくでも？　今回に限っては？

「文化祭の出し物を決めるということは、公平を期して、今日の進行は評議委員長たちではなく、生徒会、つまり三洲たち、ということだよねえ？」

「はい、多分」

「葉山くんがピンチになったら、きっと三洲が助け舟を出してくれるよ」

「……そうでしょうか？」

「彼は大変にクラス思いだからね、間違いない」

と、断言されても、

「ですが先生、確かにクラス思いですけど、三洲くんて、それ以上にフェアですから、自分のクラスだからといって便宜を図ってくれる気配はまるでなさそうなんですけど」

ここ数カ月のつきあいにより、そんな気がする。

いっそ『確信』に近いくらいに、そんな気がする。

「そうかなあ？」

大橋先生がのんびりと笑う。

「そうです。——多分」

絶対に、とまでは言わないが、限りなく、そうに違いない。

「葉山くんは三洲を信用してないね？」

信用って、

「そういう問題じゃないと思いますけど」

むしろ、信用していればこそ、贔屓《ひいき》はしてくれない気がするのではあるまいか。

「ちなみに、うちのクラス、出し物何にしたんだっけ？」

「あ、えーとですね」

ぼくは過日のホームルームでの話し合いをまとめた書類を見て、「ゲームセンター？　みたいなもの、です」

「じゃあコンピュータゲームとかするのかい？　太鼓のなんとか、とか？」

「太鼓？」

「いいなあ、実に楽しそうだねえ。でもコンピュータゲームだと回転が悪くて、お客様からクレームが出そうだよ？　それに電源が、そうはたくさん取れないな。各教室にコンセントは二口ずつしかないからねえ」

「じゃなくて、ですね、ダーツとか、トランプゲームとか、ヨーヨー釣り？　とか、あと、借りられたらルーレット、とか、書いてあります。——これ、誰が書き足したんだろ」

話し合いの時、ルーレットなんて、誰か言ったっけ？

「ふうん。それだと、ゲームセンターというよりはカジノみたいだね」

カジノ⁉

「でっ、でも、お金を賭けたりはしません、もちろん！」

「もちろん、お金を賭けたら退学だからね、葉山くん」

にっこり笑う大橋先生に、ぼくはちょっとドキッとする。——色っぽい意味でなく。

優しいし、癒し系だし、そうなのだが、

「大丈夫です、そんなこと、絶対にしません」

そんな計画はまるきりないが、迂闊《うかつ》にも誰かが企んだ暁には、絶対に阻止しよう。

「そう、わかりました。では委員会の後で、温室でね」

「あ、はい」

この先生は、侮れない。

物言いすらも柔らかいのに、醸し出す雰囲気もふわふわと甘い（スウィートではなく、ハードルが低い、という方の）印象なのに、けれどどこかがとても凛《りん》としていて、発する言葉が、侮れない。

荷物を手に、教室を出ようとしたぼくへ、

「あ、葉山くん」

先生が呼び止める。

「はい？」

振り返ったぼくへ、

「健闘を祈る」

大橋先生が、にこやかに親指を立てた。


評議委員会が行われる会議室に面した階段を上がりきったところで、

「あ、すみません」

後ろから急ぎ足で階段を駆け上がって来た学生の肩が、追い越しざまに軽く触れた。

「いや、別に……」

言いかけて、ぼくは息を呑む。

――ドウシテコンナトコロニ⁉

叫びかけて、叫びはしないものの、咄嗟《とっさ》に身を後ろへ退《ひ》いてしまった。

体重が、後ろへグラリと大きく揺れた。

退いた片足が足場を失い、体が大きく後ろへ倒れた。

階段へと傾いてゆくぼくの体に、謝罪した学生の目が驚きに見開かれ、

「危ない！」

咄嗟に伸びた彼の手が、ぼくの半袖の腕を必死に摑《つか》んだ。

剝《む》き出しの腕にいきなり触れた人肌に、鳥肌が立つ。

ぼくは、その手を反対に突き飛ばしてしまった。――逃れたくて。

「うわっと、っと！」

学生が、廊下に尻餅《しりもち》をついた。おかしな形で体を捻《ひね》らせて、どっと廊下へ倒れ込んだ。

評議委員会のために会議室へ向かっていた学生たちが、何事かと物見高く集まってくる。

ぼくは、おかげで階段を落ちはしなかったが、廊下の壁に背中をつけて、その学生を凝視したまま、動けずにいた。

「大丈夫か、葉山？」

いつの間にか、三洲がいた。

粗い呼吸をしている自分に気づく余裕もなく、三洲の問い掛けに、ただ頷く。

「おい、平気か渡辺？」

廊下にうずくまったままの学生に、他の学生たちが口々に声を掛ける。

気遣わしげな周囲の眼差しが、彼と、ぼくへ、注がれていた。

「や、大丈夫です。ちょっと、びっくりして」

彼は立ち上がり、立ち上がりざま、ちいさく顔を歪《ゆが》めた。

だが、ぼくの視線に気づくと、照れたような笑顔を見せて、

「すみません先輩、いきなり腕摑まれたら、そりゃ驚きますよね」

謝罪して、「ていうか俺、この程度でコケたりして、運動神経悪過ぎ」

自嘲《じちょう》気味に微笑むと、何もなかったかのようなしっかりとした足取りで、会議室へと入って行く。

彼から、目が離せなかった。

凍りついたように、凝視してしまう。

「――葉山？」

また、三洲に呼ばれた。

「あ、――あ、ごめん、三洲くん」

「なに、また再発？」

小声でそっと、三洲が訊く。

「再発？　って？」

「違うか、また再発って、日本語として間違ってるか。二度目の再発だから、じゃあ再々発になるのかな」

「え？」

なに？

「でも再々発なんて、そんな日本語あったっけか」

「さあ……」

「二度目の再発を表現したいんだけど、再々を使うと、たびたびって意味になっちゃうんだよな。それだとてんで違うしな」

「――三洲くん？」

何の話をしているんだ？

三洲は更に声を潜め、

「人間接触嫌悪症、だっけ？　崎が一年の時に命名した」

……あ。

「や、いや、そんなんじゃ、ない、よ」

「でも青い顔してる」

ぶり返してしまった、春の、あの時のように。

三洲の無言の問い掛けに、

「だ、だって、階段から落ちそうになったから」

目を伏せて、ぼくは応《こた》えた。

まだドキドキしている。

うっかりと直面した、階段から落ちる恐怖に。

うっかりと直面した、あの学生に。

「代理で出しておくけど？」

三洲が手のひらを出した。

「――え？」

「うちのクラスの書類。俺が出しておくよ」

「ううん、大丈夫だよ。それ、それより、さっきの一年生、――初めて見る顔だから、一年生だよね？」

「ああ、1-Cの級長、渡辺綱大」

ワタナベ、ツナヒロ。

「さっき立ち上がった時——」

痛そうに顔を歪めてた。

「ああ、足首を捻ったかしたかもな」

観察力の鋭い三洲、やはり見逃してはいなかった。「終わったら、すぐに保健室に連れて行くから」

「ぼくのせいだよね」

助けてもらったのに、突き飛ばしてしまった。

「本人は気にしてなかったようだけど」

「でも——」

「とにかく、そんな顔色で会議に出られても、むしろ皆が心配するだけだから。寮の部屋へ戻って休んでろ。後はやるから」

「……でも」

「自覚がないようだから敢《あ》えて言わせてもらうけどな、葉山、幽霊に遭ったような顔してる」

——幽霊?

三洲はぼくの手から素早く書類を取ると、

「ちゃんと3-Cも出席にしておくから」

せっかくここまで来たんだからな。

と、ぼくへ笑って見せた。


三洲の笑顔に、少しだけ力をもらった気がして、ぼくはゆっくりと階段を下りる。

だが、寮の部屋へ戻る気には到底なれなくて、どうすべきかもわからなくて、とにかく気持ちを落ち着かせるべく、ゆっくりと、階段を下りる。

そうして気づくと、ぼくは温室にいた。

未だに名前のわからない（正確には、何度教えていただいても覚えられない）植物が鬱蒼《うっそう》と繁る、温室の中央あたり。切り株のテーブルや木のベンチ、ちいさな冷蔵庫や一口コンロやちいさな流しのあるスペースに、ぼんやりと立っていると、ちいさな鈴の音と共に、

「あれ、もう来てたんだ、葉山くん」

温室の奥から、土で汚れたスコップを手に現れた大橋先生が、驚いて、訊いた。

その足元に、金の鈴のついたワインレッドの首輪をした綺麗なちいさな黒猫が、纏《まと》わりつい

ている。

「評議委員会はもう終わったのかい？　おや、バイオリンは？」

「あの……」

返事に詰まるぼくへ、

「ともあれ、そんなところで突っ立ってないで、ベンチへどうぞ」

大橋先生がふわりと笑った。「今ならどこでも座りたい放題だよ」

ぼくはすすめられるまま、ベンチに座った。

流しで丁寧に手を洗った大橋先生は、冷蔵庫のドアを開けると、

「ほらね、葉山くん、すごいだろ？　とてもひとりじゃ食べ切れない」

たくさんのお菓子の箱を示した。

「……すごいですね」

「北は北海道、南は九州沖縄まで、ありとあらゆるお土産が、現在、この冷蔵庫の中に！」

「誰が、こんなに？」

「さあねえ。あ、それから、こちらのスペースには高級ネコ缶もどっさり」

「ということは、――一年の、都森《つもり》くん？」

「さあねえ？」

大橋先生は曖昧に微笑んで、「カードもなしだから、贈り主は不明だけれど、リンリンはかなり喜んでいるよ」

自分の名前に、呼ばれたと思ったか、リンリンが先生を見上げてちいさくニャと鳴いた。

拾われてからかなり経つのに、なぜか温室の外へは一歩も出ようとしないリンリン。既にこの環境には慣れたと思われるのに、しかも元来ネコは好奇心旺盛《おうせい》で、縄張りを広げるべくあちこち出歩くものなのに、リンリンはずっと温室にいて、大橋先生が訪れるとどこからともなく現れて、先生に纏わりついて離れないのである。

よって、『内弁慶の王子様』というのが、先生がリンリンに付けた別名だ。

「葉山くん、今日はコーヒー？　それとも紅茶？」

相変わらずのインスタントだけれどね。

と笑った先生へ、

「紅茶で」

言うと、先生はヤカンに水を入れて、コンロへセットする。

——どうして見間違えたり、したんだろう。

先生の白衣の後ろ姿をぼんやりと眺めながら、必死に心を整理する。

本人のはず、ないのに。

そんなこと、ありえないのに。

なのに、一瞬、兄に見えた。

高校生のまま、時間が止まったような、兄の姿に。

咄嗟に腕を掴まれて、——怖かった。

ぼくを助けるべく強く掴んで引き寄せた彼の手の感触が、まだ腕に残っていた。

狂気を孕《はら》んだ欲望に満ちた兄の顔が迫った気がして、ぼくは懸命に幻影を追い払った。彼を力いっぱい、突き飛ばしてしまった。

とんでもない勘違いだとすぐにわかったのに、体は強《こわ》ばったまま、どうしようもなかった。

『自覚がないようだから敢えて言わせてもらうけどな、葉山、幽霊に遭ったような顔してる』

まさしく、そうだ。

ぼくは、いもしない幽霊をあの学生の上に見たのだ。

いないのに。もう、兄はこの世にはいないのに。

ギイのおかげで、かなり乗り越えられたのに。そこそこ、克服できていたのに。

けれど、完全じゃない。

それはわかっていた。

まだ誰にも、ギイを除いて、誰にも兄の話はできない。

もうさほど気にしていないはずだったけれど、それでも、気楽には話せない。だがそれは、癒えない心の傷というよりは、話すのにさほど気の進まない話題、面白い内容じゃないから。程度の、ぼくの中で軽い存在になっていたはずなのだ。――にもかかわらず、夏休み、古舘良美《ふるだてよしみ》さんから探りを入れられた時、ぼくは図らずも動揺してしまった。

動揺した自分に、動揺した。

普段はすっかり、忘れているのに。

ギイのおかげで兄の亡霊に苛《さいな》まれることは、なくなっていたのに。

――背格好とか、顔立ちというより雰囲気が、すごく似ていた。

目が離せなかったのは、本当にあの学生が兄なのかどうなのか、動揺で、正しく判断できなかったからだ。

まさかそんなはずはない。

ちゃんとわかっていたから、そうではないポイントを、兄との相違点を、彼の中に必死に探した。

生き写しなわけではなかったのに、ぶつかったことを謝られたあの場面の彼は、まるで兄のようだった。

似てないのに、似ていた。

それが、どうにも理解できなかった。

「はい、どうぞ」

例の甘いインスタントの紅茶を淹《い》れてくれた大橋先生は、熱いから気をつけて、と言いながら、マグカップをそっとテーブルへ置くと、「それで、文化祭のはどうなった？」

改めて、訊いた。

「やっぱり三洲くんに、頼んでしまいました」

正しくはそうではないが、結果的にはそのようなものだ。

「そう」

おっとりと頷いた先生は、だが、深くは詮索《せんさく》しない。「三洲に任せておけば、楽勝かな」

笑う先生へ、ぼくも、笑顔を作ってみる。

それだけのことなのに、不思議と気持ちは前向きになる。

――ともかく、ちゃんと、謝らないと。

落ち着いて、彼の顔を見てみよう。彼を兄と錯覚した原因を、ちゃんと、把握しよう。

渡辺綱大。

初めて聞く名だ。チェック組には、確か、いなかった。

「それで葉山くん、お菓子は何にする？」

先生がまた、冷蔵庫を開ける。

「あ、なら、先に賞味期限が切れそうなものを」

言うと、

「おっけー」

先生は冷蔵庫の前にしゃがみこむ。「んー、と、どれがそうかな」

──会議が終わった頃に、保健室へ行ってみよう。

「捻挫《ねんざ》、ひどくないといいけど……」

そして彼に、きちんと謝罪しよう。


「──わざわざ来てもらってあれですけど、そんなに謝ってもらわなくて、いいんですけど」

困惑したように、渡辺綱大が言う。

もう何回も会っているのに、似ている原因が、わからない。

じっと彼を見上げるぼくへ、

「聞こえてます?」

訝《いぶか》しげに、彼が訊く。

「あ……、聞こえてる」

じゃなくて、「でも、突き飛ばしたの、ぼくだし、足、痛くて歩くの大変だろ」

「そうでもないです。軽く捻っただけなんで、もう、ぜんぜん。さすがに全力疾走は厳しいですけど、今だって普通に歩いてますし」

「ごめんね。ちゃんと謝りたいんだけど、うまく伝わってない気がして」

「そんなことないです。こんなに、一週間も日参してもらったら、どんなに鈍い奴にでも気持ち伝わってると思いますけど」

「でも——」

「それに！　あの時も言いましたけど、そもそも俺が葉山先輩にぶつからなければ、先輩がバランスを崩して階段から落ちそうになることもなかったし、いくら助けようとしたからとはいえ、俺が力任せにいきなり腕を摑まなければ、先輩を不用意に驚かせることもなかったんで。足首を捻ったのだって、俺が転んだ時にちゃんと受け身を取れていたら、特に問題なかったですし、つまり、ひっくるめて俺のミスなんです」

いくら片手に荷物を持っていたとはいえ、受け身を取るのに両手が必要なわけでなし、子供の頃から何年も合気道をやっているのに、こんな失態、親にバレたら、笑われるか呆れられるか、どちらかだ。「そのあたり、そろそろ理解してもらえると俺も助かるんですけど」

「でも渡辺くん」

「あー、じゃあはっきり言わせてもらうと、先輩に日参されると俺が迷惑なんです。毎日のように三年生に謝りに来させて、一年の渡辺ってナニサマ？　と、現在俺は上級生たちから睨まれてるんです。悪評立ちまくりなんです。マジでもう、勘弁してください」

「ごめん、そんなつもりで――」

「本気で俺に対して申し訳ないと思ってくれているようなら、葉山先輩、もう解放してもらえませんか？　けっこうこれ、拷問なんですけど」

「……ごめん」

渡辺綱大は大きく溜め息を吐くと、

「先輩が相手だから、とかじゃなくて、この前のは本当にお互い様ですから。ここ、全寮制の学校なんで、先輩たちに睨まれると、生活環境が悪くなる一方で、正直、心底困ってるんですけど」

「わかった。皆にはちゃんと説明して、訂正して――」

「だから、そういうこと言ってるんじゃなくて！」

「明日からは、もう来ない」

ぼくが言うと、渡辺綱大は握っていた拳を緩め、

「……どうも。助かります」

人気のない放課後の廊下、奥の方を指さして、「もうとっくに部活始まってるんで。失礼します」

ぼくへ一礼すると、急ぎ足で立ち去った。


練習を始める前に、湿らせて吹きやすくすべく、木製のリードを口に咥《くわ》えながら楽器の組み立てをしていると、

「また遅刻だ、渡辺」

ぺらぺらのパート譜で、からかうように頭を叩かれた。

二学期から名称を改めた吹奏楽部、その活動場所である第二音楽室、広い室内及びその周辺やベランダや校舎裏などで、文化祭のステージ演奏へ向けて各部員それぞれが、バラバラに個人練習をしていた。

音楽室後ろの大きな棚には、吹奏楽部で使われる全ての楽器がしまわれている。棚へケース

を置いたまま、蓋を開け、室内に背を向けてアルトサックスを組み立てていた渡辺綱大は、急いで口からリードを外すと、

「すみません野沢部長、ちょっと、ヤボ用で」

片手にリード、片手に組み立て前のマウスピースを握ったまま、ぺこりと頭を下げた。

「中郷《なかざと》に聞いたよ、足、そんなに痛くなくなったんだろ？　歩くのに時間がかかって、という言い訳は、もう通用しないからな」

「もうって、先輩、俺そんな言い訳、端《はな》からしてないじゃないですか」

「念のため」

軽く笑った野沢政貴に、

「……なんか疫病神だよなあ、あの先輩」

渡辺綱大は溜め息を吐く。

「あの先輩？」

「や、もちろん、野沢部長のことじゃないです」

「葉山くんのこと？」

さらりと訊かれて、しかも図星で、綱大はちいさく肩を竦めた。

「まあ、そうです」

「渡辺には疫病神でも、俺には救いの神、もしくは闇夜を照らす一筋の光、だからね」

「なんですか、その大仰な形容は」

「つまり、俺には葉山くんは大切な友人のひとりってこと。今度迂闊に葉山くんの悪口を言ったら、今後一ヵ月ロングトーンの練習しかさせてあげないからな」

「げ。勘弁してください」

「基本は大事だよ。吹奏楽にロングトーンは、めちゃくちゃ大事」

「わかってますけど、それだけって」

「だから、よく知りもしない人のこと、迂闊に悪く言わないこと」

人望の厚さの証明のような、吹奏楽部の部長で、寮の二階の階段長である野沢政貴。その彼にそこまで言わせる葉山託生先輩って――。

「わかったかい、渡辺くん？」

「わかりましたから、呼ぶ時、くんって、わざと付けないでください。おっかないから」

「ああ、ちゃんとわかってるんだ、良かった」

二度三度頷いた政貴は、「文化祭近いから、きっちりパート練習するんだよ。祠堂の吹奏楽部は少数精鋭なんだから、アルトサックス吹くの、渡辺ひとりなんだから」

「了解です」

額にぴしりと敬礼すると、

「はい、きみの新しい楽譜」

政貴はふざけて叩いたパート譜を、綱大の前へ恭《うやうや》しく差し出した。

それを両手で受け取ってから、

「気のせいかな、視線が痛い」

立ち去る政貴の後ろ姿を眺めつつ、ぽつりと言う。

「気のせいじゃないよ、俺、さっきからずーっと綱《ツナ》を睨んでる」

肩から顔を突き出して、中郷壱伊《いちい》がトロンボーンを手に、言った。

「部長とちょっと話をしただけで、親友に睨まれる俺も気の毒だよな」

綱大はリードを咥え直す。

そのまま綱大の肩に顎を乗せ、

「あーあ、俺も足首挫《くじ》こうかな。そしたら野沢先輩に、からかってもらえるのに」

壱伊が喋《しゃべ》るたびに、肩が小刻みにカタカタ揺れる。

「悪趣味だな、壱《イチ》」

「悪趣味でけっこう。どうせ他に趣味ないし」

「あるだろ、すっげーのが」

中郷壱伊。かのナカザト音響の御曹司。たかが寮の部屋でCD聴くだけなのに、組まれたコンポーネントステレオ、総額幾らだ？

しかも、あまりに性能と音量がすごすぎて、三十もあるボリュームのレベル、三より上げたことがない。――それでも、自社で一番ちいさい製品だそうで。

確かにボディはコンパクトだが、そのあまりの存在感に同室の都森清恭《きよやす》は、いっさいコンポに触らない、らしい。自由に使っていいと言われていても。

懸命な判断だと、綱大も思っていた。

あんなの壊したら、一般庶民には簡単には弁償できない。都森清恭の実家も中郷壱伊に負けず劣らずの家柄だが、それでも、面倒には違いあるまい。

壱伊はすっと体を起こすと、

「あんなの、趣味とは違うよ。ただの家電だ」

ゲームの美形キャラクターのような、やけに整った涼しげな横顔で反論する。

「はいはい」

ただの家電と本人は言い切るが、壱伊のオーディオ知識はとてつもなくて、ファインチューニングにはインシュレーターが重要で、材質の違いがどうのこうの等々と、何をどう説明されても、基礎知識すら持ち合わせない綱大には、彼の話の一割も理解できないのである。

あまりに本人にとって当たり前すぎて、それがどんなに凄いことなのか、本人だけが自覚していない。というところか。

「コンポいじってるより、ぼーっとしてる方がずっと楽しい」

「はいはい、わかってます」

クールでシャープな外見にかかわらず、いつもぼーっとどこかを眺めている壱伊。

それは窓の外の景色だったり、授業中の黒板だったり、親友の綱大の顔だったりする。

その整った外見のせいで、ぼーっとがじーっとに判断されるので、窓の外を眺めていれば情緒があるとか、黒板を眺めていれば授業態度が真面目だとか、周囲からは常に良い方へ解釈されているのだが、その実、何も考えてはいないのだ。

唯一、弊害があるとすれば、壱伊にじーっと見られていると、他意はないとわかっているのに、落ち着かない気分になってしまうこと、だろうか。

少し浮世離れした、綱大にとっては、良くも悪くもわかりやすい、壱伊。

彼の判断基準は、興味がある、か、ない、である。

そして概《おおむ》ね、あらゆることに興味はない。

「それに壱、トロンボーンもめちゃくちゃうまいじゃないか。おまけに練習熱心だし」

「だって野沢先輩が、本当なら高校でもトロンボーンやりたかったって、入部説明会の時に言ってたからさ。本当はトロンボーンには飽きてたけど、高校では別の楽器やるつもりでいたけどさ、だったら先輩の分も俺が頑張ろうって決意したのさ。——でも、それだけ」

あっさりと、壱伊が言う。

執着の欠片《かけら》もない壱伊。噂では、小学生の時、トロンボーンで音楽コンクールに入賞したことがある、らしい。

飽きた、というのも、あながち大袈裟な表現ではなさそうである。

「で、壱？　今日の練習、どこでする？」

音楽室内は、もういっぱいな印象だ。

「いつもの裏庭」

「オッケー」

ケースの蓋を閉めて、ふたりで音楽室を後にする。

リードを口に咥えたまま、当座、マウスピースは楽器にはめて、裏庭へ続く通用口へ向け、階段を下りてゆく。

「綱、リード咥えたまま喋るの、めっちゃうまいよな。腹話術師になれそうだぜ」

感心しきりに、壱伊が言う。

「慣れた」

「もしかして、天才？」

「かもよ？」

受けた綱大は、なんちゃって、と笑う。

「なあ、恋が成就する確率って、何パーセントくらいだと思う？」

出し抜けに、壱伊が訊いた。

「正直、それは人による。たとえば壱なら、ほぼ百パーセントだろうな。壱のルックス、祠堂のアイドルと称される、かの崎義一にひけを取らないって評判だし」

「おお、ギイ先輩」

壱伊はぎゅっと、胸に拳を当てる。「——ストレスを呼ぶ、その名前」

「ははは、何だっけ？　親からの命令、卒業までに崎義一と懇意になっておけ、だっけ？」

「いいけどさ、そう命令されてるの、どうやら俺だけじゃないみたいだから。同室のつ、も、り、ん、もそうだったし」

「金持ちの御曹司も、大変なんだな」

「でもさあ、ギイ先輩って、とんでもなく情報通らしいからさ、無理に近づかなくたって、どうせ向こうはこっちを知ってるよ」

「——それは、一理ある」

一階の通用口のドアを開け、外へ出る。

校舎の西側、裏庭には、他の部員もほうぼうで練習しているのだが、室内と違い外は音が空へ抜けてしまうので、他人の音は音楽室にいるよりも、さほど気にならないのである。

「特別懇意にならなくたって、既に母校は同じなんだから、いいじゃんね」

壱伊は肩をひょいと竦め、「俺的には、もうノルマ達成なんだけど」

裏庭をさらに、ライバルの少ない雑木林の方へ。

「親の意見は、壱とは別？」

「まるきり、別。俺の予想では、今度の文化祭、一般公開の日曜日には、例年になく父兄で混むであろうと思われる。絶対」

「なーるほど」

「それで綱は？　お前はどれくらい？」

「え？　なに？」

「だから、恋が成就する確率」

あ、そうでした。その話をしていたんでした。

「俺は——、半々くらいじゃないか？　多分」

「なんで多分？」

「まだ誰ともつきあったことないし」

「好きな子とか、いなかったのか？　ぜんぜん？」

「そりゃ、いいなと思う子くらいはいたけど、つきあうとかそういった段階じゃなかったし、一般的な確率としては駄目かOKかふたつにひとつ、ということで、半々」

つい数ヵ月前まで中学生だった。

友人の中には、小学生の時に既に女の子とつきあってた早熟な奴もいたけれど、いいなと思ってる子と朝おはようと挨拶《あいさつ》を交わしただけで満足していたのだから、まあ、自分はその程度だったのだろう。

「綱、もてそうなのに？」

「残念ながら、もてた実績は、俺にはないよ」

「へえ」

「壱は？　誰かとつきあったことある？」

「んー、どうだったかなあ。あったような気もするし、なかったような、気もするし」

「なんだよ、それ」

「ディズニーランドへ女の子と行くとか、バレンタインにチョコもらうとか、そういうの、普通じゃん。みんなしてたし、みんなもらってた」

誰かが特別、なんて、その感覚はわからない。

「俺は、女子とふたりでディズニーランドへ行くなんてこと、したことないけどな」

「一時クラスでブームでさ、ディズニーランドへ女子とふたりきりで行くのが。俺もちょっとはまってて、毎週、いろんな子と行ってた。いちいちチケット買うのが面倒臭いから、途中で年間パスポート買ってさ」

「毎週出掛けるなんて、マメなんだな」

というか、毎週違う女の子と出掛けられるくらい、もてまくりだったわけですね。

尤《もっと》も、このルックスでその家柄なら、もてないわけがない、ですね。

よりどりみどり、ってやつですね。

「俺、楽しく遊ぶのは好きだから」

「ぼーっとしてるの の次にか？」

「うん、そう」

「で、今は、ぼーっとしてるの の次に好きなのが、野沢先輩？」

「うん」

「野沢先輩ウォッチャーだもんな、壱」

「うん」

「大好きって、顔に書いてある」

「なんでかなあ、すごい気になるんだ。野沢先輩眺めてるだけで、しあわせな気分になれるっていうかさ」

「つきあいたいとか思ってるわけ？」

「んー？　なんで？　見てるとしあわせって、俺言わなかった？　つきあいたいとか、言ったっけ？」

「言ってないけど、次はその段階に入るのかな、と」

「綱、しっかりしろよ。野沢先輩、女子じゃないから」

「わかってるよ、そんなことは」

でもそうなのかと勘ぐりたくなるほど、お前がしょっちゅう野沢先輩を気にしたり、眺めたりしているからいけないんじゃないか。

いや、悪いことをしているわけではないのだが。

「壱、野沢先輩のこと、尊敬しまくりまくりだもんな」

「綱だって、野沢先輩、尊敬してるじゃないか」

「してるけど、俺は普通に尊敬してるだけだから。壱みたいに、ぼーっと眺めたり、してないから」

「だって見てて飽きないし」

そうなると、これこそ趣味だな。


カシャカシャンと、ガラスが軽く叩かれる音がした。

バイオリンからふと顔を上げると、音の先に、ギイがいた。

「よ」

手を上げて、ぼくへ微笑んだギイは、「今日も温室の入り口は開いてたからな、無断侵入だと託生に非難される前に、温室のガラスをノックしてみた」

ぼくはバイオリンを持ったまま、ギイへ駆け寄り、抱きついた。

「――お？　なに、託生、感動の抱擁？」

「一昨日はごめんね、遅刻して、ごめん」

「大橋先生は？」

「まだ」

「園芸部員は？」

「多分、今日は活動、ない」

「果たして十五分はゆっくりと呼べるかナゾだが、一昨日の約束どおり、時間作ったから。オレこそ、せっかく託生が走ってまで来てくれたのに、ごめんな」

「ううん」

「あー、いちゃつく前にひとつ頼みがあるんだけど、いいか？」

「え？　なに？　ぼくでできることなら、何でも」

張り切って応えたぼくに、ギイは苦笑すると、

「バイオリン、どうにかしてくれ。駒《こま》のところが背中に当たって、痛いんだ」

「あ、ごめん」

ぼくは急いでギイから離れると、切り株のテーブルへ置いておいたケースへ、そっとバイオリンを戻した。

良かった。いつもの、ギイだ。

一昨日感じた違和感は、きっと、後ろめたさから来たぼくの錯覚だったのだ。

背中から近づいてぼくを後ろから抱きしめたギイは、ぼくの耳へ軽くキスをすると、

「で、託生、遅れた理由は何だったんだ？」

出し抜けに、訊いた。

「……え？」

ぼくはあからさまに、返事に詰まる。「と、それは……」

去ったはずの一難、復活？

「お前、章三、怒らせたんだって？　せっかくの伝言、ふいにするつもりかって」

「あ、──うん。あの……、渡り廊下でのこと、ギイに話したんだ、赤池くん？」

さすが、ツーカーの親友同士、

「託生がいつにない真剣な顔で中庭を見てたって、章三から聞いたよ」

情報の速いこと。

「真剣って、そんな、大袈裟な」

ぼくはちいさく笑ったのだが、薄手の夏の半袖のシャツ、ぼくの胸に回されたギイの両腕には、呆気《あっけ》なくぼくの鼓動が伝わってしまう。

「中庭の、何を見てたんだ？」

「べ、別に、たいしたものは見てないけど」

どうしよう、本当の理由はかなりまぬけで、相当格好悪いのだが。

「特別なものは何もなかったと、そう、章三も言ってたけどな」

「あ……えと」

「遅刻の理由、オレには言えない？」

「そ、そんなことないよ。言えるけど、ただ——」

「ただ、なに？」

「絶対呆れられると思って、言いにくかった」

「呆れる？　オレが？　どうして？」

「もしくは、似合わないって、笑われるかと思った」

「呆れないし、笑わない。——なら、話せる？」

「本当に？」

「約束する」

「えと。この前、一週間前、下級生にケガさせちゃったんだ」

「——へえ」

「階段から落ちそうになったのを助けてくれたのに、咄嗟に突き飛ばしてた」

「……それって」

「違うよ、またぶり返したわけじゃない。だから、どうしてなのか、ぼくなりに考えてた。一昨日、ギイとの待ち合わせに行く途中の渡り廊下で、中庭にその下級生がいるのをたまたま見かけたんだ。それで、考えながら、彼を見てた。でも、赤池くんに声を掛けられた時には、とっくに彼は中庭にはいなかったんだ。ぼくが考え事に没頭してただけで」

「遅刻の理由はそれで全部？」

「うん。それで——」

その下級生がどうして兄に似ているのかが気になって、と続けようとしたのだが、

「なら、下級生にケガさせたこと、オレに話しに来なかった理由は？」

「——え？」

ぼくを抱くギイの腕に、力がこもる。

「どうしてオレに話さなかった？」

「だって、全面的にぼくが悪いんだよ？　助けてくれた人を突き飛ばしてケガをさせたんだから。誰に話すまでもなく、ぼくがすべきなのは、きちんと彼に謝ることだと思ったから」

「つまり、オレに話すまでもなく、ってことか？」

「え、違うよ？　軽んじてるって意味じゃないよ？　話したらギイに余計な心配かけさせるだけだし、それでなくてもギイ、やることたくさんあって大変なのに、だから——」

「託生、お前、ぜんぜんわかってないんだな」

ギイが、頰をぼくの頰へ擦《す》り寄せた。

苦しげな、けれどひどく甘い囁き。

「どんな些細なことでも、オレは託生のこと、知っていたい。他の誰かの口からでなく、託生から」

「ギイ……」

「どんなにくだらない内容でも、相手のことをあれこれ心配するのは恋人の特権だろ？　オレには託生のことを心配する権利がある」

「ギイ、あの……」

「頼むから、独り占めさせてくれ」

「あ、駄目だよ、……触らないで、ギイ」

「嫌だ」

ギイはぼくのシャツをはだけると、「オレはそんなに聞き分け良くないんだよ、託生」

ぼくをテーブル脇の木のベンチへ押し倒した。


「せっかくの日曜日に、ごめんね葉山くん。誰かと出掛ける用事とか、本当になかった？」

第二音楽室の鍵を開けながら、すまなそうに政貴が言う。

「え？　本当にないよ？」

どうして今日の予定を、こうも何度も確認されるのだろうか。

——あ。

「俺、後でギイに恨まれたりしない？」

やっぱり。

「しないよ、ぜんぜん」

むしろ、日曜の午後を一緒に過ごしている相手が政貴で、受験のためにソルフェージュを手伝っていたと知ったら、その『安全』さに、大喜びだ。

やきもちの入り込む余地はない。

「ギイの誘いを断わってここにいる、とかじゃない？」

「とかじゃない。ギイも今日は、あれこれ忙しいようだから」

ぼくが言うと、ようやく政貴はほっとして、

「ギイを敵に回すと厄介だからね、葉山くんが絡むと途端にギイ、狭量《きょうりょう》になるから」

などと友人に言われてしまうのは、どうなんだろう。

——狭量。

「あまりギイに似合わないけど」

「だから、特例？　狭量どころか、驚くくらい懐が深いのに、葉山くんに関してだけは、別人みたいだよ」

「それって、どうなのかな。良いことなのかな、改善した方がいいのかな」

「さあ？　でも俺も、駒澤が絡むと俄然《がぜん》狭量になるから、ギイのことは言えないけどね」

「そうなんだ」

「葉山くんは？　ギイに関して、些細なことでも心配になったり不安になったりしない？」

ギイの過去、とか、何人くらいとつきあったことがあるのか、とかですか？

想像することすら避けたい感じなんですが、ではなく！

「あ。ややや、違うよ野沢くん」

うっかりしてたよ。うっかり、政貴のペースに釣られていたよ。「ぼくとギイ、今はつきあってないし」

「その無理な設定、そろそろ止めた方がいいんじゃないのかな」

「え？」

「誰も信じてないし。そもそも、ギイの行動を見てたら、説得力のカケラもないし」

「そ…うですか？」

「ギイのモチベーションが下がったら、すかさず葉山くんを投入する。っていうのが、俺たち階段長の暗黙の了解だし」

「――ウソ」

「ホント。現に何度か誘ってるだろ、階段長会議にさ」

「それは、そうだけど」

「さて、雑談はこれくらいにして」

政貴はグランドピアノの鍵盤の蓋を開けると、「それでは先生、今日もよろしくです」

ぼくへ恭しく頭を下げた。

「あ、こちらこそ、よろしくです」

夏休みの登校日に政貴へ録音してあげた聴音の問題を、さらっとこなしてきた政貴は、基本かなり耳が良い。絶対音感とまでは行かないが、充分固定ド感覚の持ち主であった。

考えてみれば、政貴がやっているトロンボーンは、バイオリンと同じ無段階音程の楽器なので、ピアノのように、鍵盤を押せば単純に音程が鳴る、というものではなく、自分で音程を探り当てねばならないゆえに、普通に練習しているだけで、他の楽器よりは遥かに音程感覚が鍛えられるのであった。

「そしたら今日は、ハ長調じゃなくて他の調をやってみる？　ト長調とかヘ長調」

聴音における意外なネックは、記譜である。

長年音楽に携わっていても、楽譜を読むことには慣れていても、すらすら書けない人が多いのだ。その点、政貴はこなれている。しかも、普通に移調までできてしまう。

パート譜を書く関係で。

政貴の場合、足りないのは、単に慣れ、だけである。

「そうだね――」

政貴が返事をしかけた時、ドアにコンコンとノックの音。「誰だろう。日曜は部活、ないのにな」

政貴が不思議そうに、ドアを開けに行く。と、そこにふたりの学生が立っていた。

「あ……」

ぼくは、内心、どきりとする。

ひとりが渡辺綱大だったから。

彼も、室内にぼくがいるのに、驚いていた。

「どうしたんだい？　音楽室に忘れ物でも？」

政貴の問いに、

「野沢先輩がここで音大受験の練習してるって聞いたので、何か俺たちにも手伝えることがないかと思って」

渡辺綱大ではない方の、学生が応える。

彼は確か、渡辺綱大と同じクラスの――、

「中郷くん、気持ちはありがたいけど、特に手伝いというほどのものは……」

そうだ、中郷壱伊！　ナカザト音響の御曹司で、チェック組の！

改めて見ると、なんというか、中郷壱伊、やけに綺麗な学生である。

「トロンボーンの演奏のコツとか、俺、伝授できますけど」

「――ああ、確かに、それはありがたいかも」

政貴はぼくに振り返ると、「でも、今からやるのは聴音だから。トロンボーンの練習は、聴音の後でね」

「聴音ですか？」

中郷壱伊も釣られて、ぼくを見る。

目が合うと、どきりとする。

ギイにしてもそうなのだが、美形の人って、どうしてこう、目が合うだけでこちらをどきりとさせるのだろうか。

「葉山くん、紹介するよ。渡辺の方は知ってると思うけど、こっちは一年の中郷壱伊。トロンボーンの名奏者なんだ」

「あ、葉山です」

挨拶すると中郷壱伊はぼくを不思議そうにじっと見て、

「こんにちは、中郷です」

頭を下げつつ、「あの、どこかで、お会いしたことが――」

「壱、半年も同じ全寮制の学校にいて――」

「あるような、ないような」

「――おい」

渡辺綱大の突っ込みに、政貴が吹き出す。

散々笑う政貴へ、

「野沢先輩、ちょうおんって、何ですか」

やや照れながら、渡辺綱大が訊いた。

「ピアノで弾いたメロディーを、耳で聴いただけで楽譜に書き取ることだよ。聴診器の聴に音と書いて、聴音」

政貴の説明に、へえ、という顔をする。

「そうだ、せっかくだからふたりもやるかい？　渡辺は音楽ほぼ初心者だし、よい勉強になると思うよ」

「それって、初心者でもできるんですか？」

胡散臭《うさんくさ》げに渡辺綱大が訊く。

「できるできる」

「先輩にそう言われると、むしろ罠《わな》な匂いがするんですけど」

「疑うなあ。誰でも最初は初心者なんだから、いきなり完璧《かんぺき》にできるかと訊かれたら、それは違うかもしれないけど、初心者には絶対無理、なんてことは、絶対にないよ」

政貴の説明に、釈然としないながらも、

「わかりました」

渡辺綱大が頷いた。

「なっつかしー、聴音。昔、ちょっとだけやったことあるよ」

中郷壱伊が言う。

「じゃあ中郷には、やり方、説明しなくていいか」

「でも詳しいことはすっかり忘れちゃってます、先輩」

ということで。

なぜかぼくが、黒板を使って説明することになってしまった。

「じゃあまず、ト音記号の書き方からで」

黒板に白いペンキで描かれている五線へ、くるっとト音記号を書く。「書き始めの丸いところを、五線の、下から二番目の線を囲むように書きます。ト音記号のトは、日本語ではトですけど、クラシックでは一般的にGの音で」

「……げー？」

渡辺綱大がこっそり、隣の机の中郷壱伊に訊く。

「Gと書いて、ゲー。ドイツ語読みです。ト音記号というのは、下から二番目の線をGの音、トの音、またはソの音、にします。というマークなんです」

「マーク？　ト音記号って、マークなんだ」

中郷壱伊が面白そうに、言った。

「下から二番目の線をソの音で、と決めたので、逆算していくと、見慣れたドの音が、ドの位置に来るんです」

「へえ、ドがスタートじゃないんだ。ソが、スタートで逆算なのか」

感心したのは、渡辺綱大。

「だったら、ヘ音記号も？　やっぱり逆算？」

中郷壱伊が質問する。

「そうです。こっちはヘ、つまりF、もしくはファの音ですけれど、さっきとは反対に、上から二番目の線をファの音にします、という決まり、なんです」

「で、順番に上がって行くと、見慣れたドが、ドになるんだ。へえ、そっかー。シンメトリーかあ」

楽しそうに、中郷壱伊が頷いた。

「あ、それ」

つい、ぼくは（うっかりと馴《な》れ馴《な》れしく）、「よく気がついたね。そうなんだ、ト音記号とヘ音記号って、シンメトリーなんだ。音楽って、基本が完全五度と完全四度でね、四度は五度がシンメトリーに転じたもので、だから楽譜は幾何学模様みたいにきれいなんだよ。すごく合理的にできていてね、大譜表はそのト音記号とヘ音記号を組み合わせたものなんだけど、これで人間の音域はほとんどカバーできてしまうんだ」

ぺらぺらと喋ってしまった。

中郷壱伊と渡辺綱大が、ぽかんと、ぼくを見る。

――あ、しまった。

「秋休みの撤廃ね。——また厄介な提案をしてくるな、今年の階段長たちは」

生徒会室の机に出された階段長からの議案書に、三洲は皮肉そうに口元を上げる。

平日でも充分に静かな生徒会室だが、日曜ともなれば廊下に人の気配すらない。

「三洲の任期内に、ねじ込みたかったんだよ、どうしても」

斜《はす》の席に座ったギイは、「優秀な生徒会長殿の任期中にさ」

机へと、両手を組む。

「誉められても、こんな厄介なものを出されては、ちっとも嬉しくないな」

「どうして？　そんなことないだろ？　遣り甲斐ある、の間違いだろ？」

ちっとも悪びれない美丈夫に、

「そうでもないな。生徒会長最後の仕事としては、かなりきつい」

「でも任期満了まで、まだ二週間はあるじゃないか」

「崎、もう二週間しかない、だ」

「凡人ならいざ知らず、三洲なら、まだ二週間、だよ」

「お前……」

三洲は横目でギイを眺めると、「嫌がらせか、これは」

議案書をギイへ、ぽんと放った。

「んなわけないだろ」

ギイはそれを、三洲へと押し戻す。

三洲はギイをじっと見て、――嫌がらせでないことなど、実は百も承知なのだが、

「秋休み一週間の日数を減らすならともかく、撤廃となると、どうなのかね」

「だが三洲、実際問題、秋休みはかなり非合理的だろ？　バカンス好きにはたまらないかもしれないが、実際には休み明けはテストだぞ？　二学期がやけにきついのは、偏《ひとえ》にこの秋休みのせいじゃないか」

「まあな」

それについては、否定はしない。「だが崎、秋休みというのは、創設以来の、ある意味祠堂学院の象徴のような休暇じゃないか。良家の子息のみしか入学を許されなかった頃からの、優雅な慣習。撤廃は、かなり難しいぞ」

「優雅な慣習？　悪習の間違いじゃないのか？」

ギイはさくっと一蹴《いっしゅう》する。「時代錯誤もいいところだ。創立時には、文化祭もなければ、確か中間テストもないんだよ。学生の数も、授業の単位数も今より遥かに少なくて、帰省にしろ交通機関の関係でやたらと日数がかかっただろ。そんな頃の、休暇だぞ。というか、この休みに衣替えの荷物を運んだのは学生の側仕えたちで、記録によれば、当の学生たちは近くの温泉

に行ったりしてたんだからな。宅配で、不必要な服をさっと送ることもできなかった時代の休暇だからな、それを後生大事に残していることに意味があるのか?」

「まあね」

進んで賛成はしないが、反対もしない。

年間スケジュールを教師以上に把握している三洲なので、秋休みのきつさは、かなり実感しているのである。

「つまり、全撤廃で話を進めて、落としどころは日数削減、で、いいのかな」

三洲の問いに、ギイが笑う。

「そういうこと。さすが、三洲」

「で、ゆくゆくは、全撤廃?」

「それはまあ、その頃の学生たちに任せるよ。今年は無理でも、せめて来年の最上級生には、受験にとって一番重要な二学期に、学校行事と意味不明な秋休みに追われて、不必要な苦労をかけさせたくないからな」

「――まあな」

それは、確かに。「受験で思い出したが、崎、お守りを、ありがとう」

ありがとう、と、言う割に、ちっともありがたそうでない三洲の口調に、

「え、オレ、何かした？」

ギイは少し、ぎくりとする。

「中神社《あたる》の、お守りだよ」

「って、あれだろ？　お土産の」

「そう。確か、葉山によると、合格祈願のお守りという触れ込みだったけれど、中神社って、子宝の神様だから」

「――子宝」

うわ。「ごめん、それはまずいな、悪かった」

「いいよ別に、気は心、だから。というか、イワシの頭も信心？　お守りの効力も大事だが、今回は気持ちをありがたくちょうだいしておくから」

「……すまない」

「そう言えば、あの日って、葉山の兄貴の墓参りだったんだろ？」

「え？　どうして知ってるんだ？　託生が話したのか？」

兄貴の話を託生がしたのか？　オレ以外の人間に？

「そんなにむっとすることはないだろ」

三洲は愉快そうに笑うと、「葉山が出した外出許可申請書の、外出理由にそう書いてあったのを見たんだよ」

「――なんだ」

そうか。

「葉山のことだと、表情すらもくるくると忙しいな、崎」

三洲は笑って、「そういえば、葉山の日参、どうやらやっと、終わったらしいじゃないか」

「ああ、ケガさせた一年生の?」

「ケガさせた時の葉山の様子は、ひどかったよ」

「三洲、居合わせてたんだっけ?」

「そりゃ、生徒会仕切りの評議委員会の日だったからね」

「託生、そんなにひどい様子だったのか?」

人にケガをさせた、罪の意識で?

「崎が命名した例のアレがまた出たのかと思ったが、そうじゃなかったらしい」

どんな原因であれ、突き飛ばすとは過剰反応も甚だしいが、「あまりに顔色がひどいから、部屋に帰って休むよう促した時、それでも無理しようとするからさ、説得するのに、幽霊に遭ったような顔をしていると言ったら更に動揺されちゃってね。怖がらせるつもりじゃなかったが、なんか俺は、たまにこの手は、失敗する」

「ああ、雅彦《まさひこ》さんを泣かせたみたいに？」

「そうだよ」

「三洲、自分で話を振っておいて、怒るなよ」

「怒ってないさ」

三洲はちいさく肩を竦めると、「六月の墓参りのこととかあったし、一瞬、兄貴の幽霊でも見たのかと思ったんだよ」

「え？」

兄貴の幽霊？

「その一年が葉山の兄貴に似てる、とかね」

「――え？」

「冗談だ」

三洲は流すが、

「……兄貴の幽霊」

胸が不穏に、ざわつき始める。

たまらなく嫌な相手だ。

死者は卑怯《ひきょう》だ。

永遠に勝ち目のない、ライバルだから。

「ともあれ、秋休みの件は、職員会議と前期最後の生徒総会に上程するから。階段長たちは、生徒への根回しをよろしく」

「……わかった」

生徒会室から廊下へ出ると、どこからか、トロンボーンの音が聞こえてきた。

文化祭を前にしても、基本的に文化部は日曜日は活動は休みなので、

「このトロンボーン、政貴だ」

部活ではクラリネット担当で、文化祭に向けて指揮もやり、ウイークデイには音大受験の科目であるトロンボーンの練習がほとんどできないので、土曜の部活の後と日曜日に、まとめて自主練習している政貴。

頑張り屋の友人の、顔が見たい。

「そうだ、陣中見舞いでもしておくかな」

不穏なざわつきを軽く払拭《ふっしょく》してくれそうな、野沢政貴の顔が見たい。

「葉山先輩って、音楽する人だったんですね」

トロンボーンの練習を始めた政貴と中郷壱伊を第二音楽室に残して、ぼくは、寮へ戻るという渡辺綱大と一緒に廊下へ出て、階段へ向かった。

「ごめん、さすがにちょっと、喋りすぎたかもしれない」

「そんなことないですよ。おかげで聴音、スキルアップしましたから」

渡辺綱大は、初めて見る、打ち解けた雰囲気で、「俺、部活に関しては、特にやりたいものがなかったんですよ。ちっさい頃から武道ばっかりやってたから、高校では文化部に入りたいかな、って、思ってたくらいで。そしたら、入学してすぐに意気投合した同じクラスの壱が、だったら一緒に吹奏楽やろうってすすめてくれて、それで入部したんですけど、楽器の名前もろくに知らないし、吹奏楽とオーケストラの違いも、よくはわからないんです」

「そうなんだ」

「葉山先輩は、あんなに音楽詳しいのに、どうして吹奏楽部に入らなかったんですか？」

「ぼく？　えっと、……なんとなく」

「へえ。——でも、野沢部長と同じく、音大志望なんですよね？　楽器って、何をやってるんですか？」

「……バイオリン、かな」

「バイオリンは、知ってます。あれ、じゃ、もしかして、放課後、林の方で練習してるのって先輩ですか？」

「うわ、もしかして、音楽室まで聞こえてるのかい？」

恥ずかしい。

「音楽室の中までは、さすがに聞こえてこないですけど、外で個人練習してる時に、たまに林の方から風に乗って聞こえてきます」

「いつもは温室でバイオリンの練習をしてるんだ」

「すごいなあ、バイオリンって演奏するの、難しいですよね？　アルトサックスの比じゃないですよね？」

「いや、ちっともすごくなんかないよ。ぼく、下手だし」

「そうでしたっけ？」

視線を上げた渡辺綱大に、

「あ、思い出さなくていいから」

ぼくは慌てて、言う。

視線を戻した渡辺綱大は、

「照れ屋ですね、先輩って」

ははと笑った。「おかげで、先輩のイメージ、がらっと変わりました。見直したって言うか、――それだと不遜《ふそん》な言い方になっちゃいますね、すみません。音楽の話をしてる時って、先輩、まるで別人ですよね」

「そ、そうかな」

「すごく饒舌《じょうぜつ》だし、生き生きしてるし。――それとも、もしかして、そっちが地ですか？」

真顔でぼくを覗き込んだ渡辺綱大に、ぼくはうっかり、戸惑った。

眼差しが、似ていた。

目元が兄に、そっくりだった。

「だからさ、特別なことは、何もないって」

赤面しつつ、利久が言う。

「でも確か登校日って、利久、岩下《いわした》くんと一緒に帰ったよね？」

「――帰ったけど」

「ふたりきりで、帰ったんだよね？」

「そうだけど」

「じゃあそれって、デートじゃないか」

「でも、どこにも寄ってないし。途中まで一緒に帰っただけだし」

「でもそれって、利久の場合は充分にデートだよね？」

駄目押しのようにぼくが言うと、

「——かも、ね」

ようやく利久が、頷いた。

夕食の後の寮の一階、賑《にぎ》わう談話室には入らずに、談話室前の廊下で利久と立ち話をしていると、ぼくはいきなりきつく腕を掴まれた。

ぎょっとして振り返ると、

「ギイ」

二度、びっくり。

こんなに人がたくさんいる場所で、ギイに腕を掴まれるとは思わなかった。

「託生、少しいいか？」

ギイの問いに、

「やった。ギイ、さんきゅ」

ぼくが応える前に、利久がバンザイした。「託生が俺を苛《いじ》めるんだよ、どこへでも連れてっちゃってかまわないから」

利久のひどいセリフはともかく、ぼくはギイに会えて、腕を掴まれていることも、嬉しくて仕方がない。

腕を引かれるまま、ギイの部屋へ向かう。

ドアノブに外出中のプレートを下げたままにして、ギイはぼくを部屋へ入れた。

そこはかとなくギイの香りが漂っている、久しぶりのギイの部屋に、それだけでも、気持ちがときめく。

部屋の電気を点《つ》けぬまま、ギイはぼくを、ベッドへ招いた。

「温室だと、決まって大橋先生に邪魔されるよな」

この前も結局、できなかった。

「でも別に、先生が狙って邪魔してるわけじゃないよ」

「わかってるって」

ギイは笑うと、「狙ってされてたら、たまんないだろ」

ぼくの上に、体重をかける。

目眩《めまい》がするようなギイの重さに、ぼくはちいさく息を吐く。

「それにギイ、最初に時間、十五分しかないって」

邪魔されなくても、どのみちたいしたことはできなかった。

「十五分あれば、ものすごく集中すれば一回くらいはできそうだろ?」

「そう、かなあ?」

「そういうものだよ」

笑ったギイはぼくの頬へキスすると、「温室の続き、してもいい?」

甘く訊かれて、ぼくは、頷く。

頷いた途端、ギイがぼくの服の中に手を入れた。

「ちょ、ギイ、だからって、いきなり――」

きつくぼくを握りながら、

「オレに何か、まだ隠してることがあるだろ」

耳元で、ギイが訊く。

その詰問するような口調に、ぼくは、面食らう。

「あ、……え?」

ギイの腕の中で、瞬く間に上がる呼吸に、

「渡辺綱大って、何者だ?」

なにものって？　え？

思考がうまくついてゆかない。

「あいつ、お前の兄貴に似てたりするのか？」

「え、あ、うん」

「どうしてそのこと、オレに黙ってた。敢えて隠してたのか？」

「そ…んなことない、話すつもりで、いたよ？」

どうして？

「でも話さなかった。温室で、あの時、お前そのこと、言わなかったよな」

「だって、言う前にギイが――」

そんなにきつくされたら、ちゃんと、喋れないのに。

「オレが？　よしんばオレがお前にちょっかい出したがために、お前が話すきっかけを失ったとしても、話そうと思えば、あれからいくらでも機会はあった。今夜もそうだ。でもお前、オレが切り出すまで、あいつの話、するつもりなかっただろ」

「そんな、こと、ないよ」

「どうだか」

そんなつもりはなかったし、ウソをつくつもりもない。強いて言えば、言葉が、説明が足りなかったのだ。

騙《だま》すとか、隠し事とか、そんなつもりも毛頭なかった。

話すつもりでいたのに、話す前にギイに訊かれて、順番がひとつ違ってしまっただけで、どうしてこんなに取り返しのつかない空気になってしまうのだろうか。

「……ギイ！」

ぼくだけなんて、嫌だよ、ギイ。

ギイの肩をきつく摑むと、

「託生にとって、オレって何なんだろうな」

遠い、呟き。

——え？

いきなり体を起こしたギイは、ぼくの服を丁寧に直すと、

「乱暴なやり方して、悪かった」

ベッドから引き上げて、床へ立たせる。

そしてぼくの背中を押し、ドアを開けると、そのまま廊下へと促した。

「……ギイ？」

「またな。おやすみ」

ぼくの目の前で、静かにドアがぱたんと閉まる。

ぼくは呆然と、ドアを見ていた。

ごあいさつ

年末年始頃にお目にかかる機会が多いごとうですが、この季節に文庫が出るのは、おそらく二度目？

ではなく、三度目ですね。

そうでした、ごとうのデビューは五月なのでした。

ここまで読んでいただき、ありがとうございます。

ごとうしのぶです。

前回の『恋のカケラ』から、通常の一年を待たずに今回の『プロローグ』を出させていただきましたが、新たに始まりました、二学期バージョン、いかがでしたでしょうか？

あ、というか、冒頭は、二学期に進むどころか、いきなり二年生に戻ってましたね、失礼しました。

ストーリーが夏休みからいよいよ学校に戻るに当たり、なんとなく、二年生バージョンが書きたくなりまして、もしかしたら、あれ？　間違い？　とか、混乱された方もいらっしゃったかと思われますが、すみません、唐突ですが、二年生ものです。

そこから、三年生の夏休みの登校日、二学期となりまして、この『ごあいさつ』を挟んで、また一学期に戻った番外編がございます。

今回の本は、時間軸があっちこっちですが、ぜひ、ついてきてください。よろしくです。

角川書店からデビューさせていただいて、十五年が過ぎました。あっと言う間に、十五年。いろんなことがありましたが、十五年を迎えたタイミングでタクミくんが映画になり、DVDまで発売される運びとなり、なんというか、皆様から素晴らしい節目を与えていただいたような気がしています。

せっかくいただいた節目、ですので、ごとうとしてはお返しに、今回、この本を作ってみました。

『そして春風にささやいて』の映画に間接的に携わった時に、なんというか、懐かしいような恥ずかしいような気分でいっぱいだったんですが、これから伸びゆく清々《すがすが》しい若芽のようなたくさんの方々とお仕事させていただいて、彼らが精一杯、前向きに取り組んでいる姿勢を目の当たりにして、タクミくんたちもこんな感じなんだろうなあ、と、改めて感じて、その感じのままに、新たな章をスタートさせてみたかったのです。

季節は春、期待と、不安と、自信と、迷いの中で、臆《おく》していようとも、それでも新たな時間は始まってゆくんですよね。

ごとうも今、そんなキモチで新章をスタートさせました。

物語は夏を過ぎ、秋から冬へと進んで行きますが、キモチは春、スタートの春です。頑張ってゆくであろうタクミくんたちを、見守ってやってください。


今回も、年末の文庫に引き続き、お忙しい中、ステキなイラストを描いてくださった、おおや和美さま、ありがとうございました。

それから、頻繁に担当さんが変わってしまうごとうにしては珍しく、かなりの時間、一緒にお仕事をさせていただいたNさんと、この本でいよいよのお別れです。不出来なごとうを永年に亙《わた》って支えていただき、ありがとうございました。次からは、新たな担当さんと、本格的にスタートです。ドキワクです。

ごとうしのぶ

Shinobu Gotoh Official HP ● http://www2.gol.com/users/bee/
web KADOKAWA ● http://www.kadokawa.co.jp/

恋する速度

　ゴールデンウイークを間近に控えているとはいえ、明日の朝からまた学校の始まる日曜日の夜は、平日の夜と、やはりどこか雰囲気が違う。一見寛《くつろ》いでいるようでも、翌日の準備を気持ちのどこかで始めているのか、ちょっとした緊張感が漂うのだ。

　そんな独特の雰囲気の中、

「祝杯が抹茶なんて、そんなんアリか？」

　学生寮の一階給湯室から、賑やかに数人の三年生が廊下へ出てきた。

「ぼやく割に、おかわり二回もしたのは誰だよ」

「お前、今夜は間違いなく、眠れないいな」

　そのうちのひとりが手に大型の魔法瓶を持っている。

「そういうお前らだって、岩下がわざわざ片倉《かたくら》のためにって用意してくれた茶菓子をなあ、ばくばくばくばく食ってたじゃんか」

消灯まで一時間弱、たまたま会った友人とそのまま一階の廊下で立ち話をしていた中前海士《なかまえかいじ》は、洩《も》れ聞こえたふたつの名前に、思わず耳をそばだててしまった。

ひとつは海士が片恋している憧れの三年生の名前。もうひとつは海士の部活の先輩で、片恋の相手が片恋している、実質、海士の恋敵の名前。

その、この世で最も気になる組み合わせの名前をこんな間近で聞かされては、盗み聞きなどするもんじゃないとわかっていても、どうしても神経がそちらへ集中してしまう。

と、

「あれ、中前だ」

彼らのひとりが海士に気づき、きさくに声をかけてきた。

海士はギクリと、身を竦《すく》ませる。

「よう、オトコマエのナカマエくん」

海士の通り名を楽しそうに呼びながら、三年生たちは明るい笑顔で近づいて来て、

「凄《すご》かったなあ中前、今日の練習試合、高木《たかぎ》との二位争い、迫力あったぜ」

「こりゃ吉沢がいなくなっても弓道部は、来年も安泰だあ」

「優秀な後輩がいて弓道部が羨《うらや》ましいよ」

口々に海士を誉めて、

「そうだ、まだ茶菓子残ってたよな」

「中前、お前も抹茶、じゃない、茶菓子、好きだろ?」

「――は?」

なに?

「一緒に祝ってやろうぜ。なんせ中前は片倉より順位が上だったんだから」

「そうだよな、利久を祝うなら当然中前くんも祝わないと」

え? え? え?

わけがわからず動揺している海士をよそに、勝手に話をまとめてしまう。

いきなりの先輩たちのお誘いに、恐れをなした友人は、こっそりと、

「てことで、来いよ、中前」

「じゃ、またな」

海士を見捨てて、素早く立ち去ってしまった。

どんなに茶菓子が魅力的でも、先輩たちに囲まれて食べたところで、味なんかちっともわかりはしない。

だが、

「こっちだ中前、ついて来いよ」

手招きされるまま、彼らの後をついていく。

「たっぷりお湯をもらったから、これでまた心置きなく飲めるなあ」

「俺、抹茶初めてだったけど、けっこー旨《うま》かった。はまったかも」

「はまりすぎだっつーの。いくら岩下の点《た》てる茶が旨くても、お前はもう飲むなよ。三杯も抹茶を飲んだらなあ、もう絶対、今夜は寝られないんだからな」

やはり聞き間違いなんかじゃなかった。彼らは岩下政史《まさし》の部屋からやって来たのだ。――海士にとって、話しかけることすらままならない、憧れの人の部屋から。

途端、違う意味で、ドキドキしてきた。

その憧れの人は、今日、他校で行われた弓道部の練習試合に、一度は先約があるからと断られたものの、ちゃんと自分の応援に来てくれたのだ。

あいにくと試合の最中や試合後に彼の姿を確認することはできなかったけれども、昼休みに会場でバッタリ会えたのだから、それはもう、嬉しいったらなかったのであった。

勇気百万倍、な、感じ。

練習試合で個人戦三位という好成績を残せたのも、つまりは応援に来てくれた岩下政史のおかげなのだ。

他校から祠堂へ戻る道中も、寮に戻ってからも、彼とはすれ違うことすらなかったのだが、本音を言えば今日のお礼を伝えたかった。

来てくれて、ありがとうございます。おかげで頑張れました。と。

「まったくだ。お前がガブガブ飲み過ぎるから、こんなに早く湯がなくなっちまったんだぞ。バッとして、お前ひとりで給湯室まで汲《く》みに来させるべきだったよな」

「おい、そういうことはもっと早く気づけよ」

「ありゃ、しまった」

爆笑する彼らの傍らで、海士は期待と緊張を隠して、彼らに合わせてにこやかな笑顔を作った。

三年に進級して、昨年の寮の同室者だった岩下政史と片倉利久は、むろん部屋が分かれ、まるで自然の成り行きのように疎遠気味になっていた。

部屋が別々になっただけでなんとなく友人関係まで疎遠になるのはよくあることで、だが、特別な事情のあるふたりが、――岩下政史は片倉利久を密かに想っているのだ。そんな理由のある彼らがなんとなく疎遠であるということは、彼らの間になにかあったのかもしれないし、――もちろん、ふたりの距離が縮まるようなこと、ではなく、むしろ離れるようなことが起きたであろうと思えるわけで、その内容を確かめる術《すべ》を持ってはいないけれども、ともあれ、彼らが疎遠であることを、海士は心のどこかで歓迎していた。

少しは可能性が高くなるから。

岩下政史を想っている、この片恋が結実する、その可能性が高くなるから。

我ながらそれは浅ましい発想だけれど、ほとんど望みのない恋だから、一縷《いちる》の可能性でも大切だった。

案の定、賑やかな彼らの行き先は104号室、岩下政史の部屋だった。

「たっだいまー!」

「片倉よりも祝宴に相応《ふさわ》しいお客様をお連れしましたー!」

ぱんぱかぱーんとファンファーレ付きで、海士は彼らに室内へと引っ張られた。

ドキドキを隠して、一歩を踏み込む。室内には、別室から持ち寄られた幾つかの椅子、そのうちのふたつに、政史と利久が隣同士で座っていた。

室内に、彼らはふたりきり、だった。

今にも触れそうに額を寄せ、なにやら楽しげに話していた。

「あ、お帰り」

こちらに顔を上げ、政史が微笑む。だがその微笑みは、海士の顔を見た瞬間、困惑の表情となった。

海士はいきなり、居心地の悪い違和感に襲われた。

ふたりはもっとぎくしゃくした関係だと、勝手に思い込んでいた自分に、当惑した。瞬く間に、気持ちが静かに落ち込んでゆく。

困惑している政史とは反対に、海士の登場に喜んだのは利久である。

「おー。今日はお疲れさん！　やーっぱ凄いわ、中前は！」

椅子からすっくと立ち上がり、屈託のない笑顔で、自分のことのように海士の活躍を自慢する。「最後まで高木と競《せ》って競って、俺と中前、順位はひとつしか違わないけど、実際は相当差があるからなあ」

利久はストンと椅子に座り直すと、「岩下も途中で帰ったりしないで、午後からの中前の活躍、見れば良かったのに」

と、言った。

だが、そう話を振られても、政史は曖昧《あいまい》な笑顔を返すのみ。

「でも競り勝ったのは高木の方だろ？」

仲間のひとりが訊く。

「なあ？　それを言うなら、活躍したのは高木だよなあ」

「ちーがーうって！　高木も吉沢と同じでちいさい頃から弓道やってるんだよ。でも中前は祠堂に入学してから始めたんだぜ。本来は、比較にならないふたりなんだぜ。悔しいけど、すごいんだって、中前は！」

ここぞとばかりに、利久が訂正した。

そうか。……そうだったんだ。

見つけられなかっただけだと、思ってた。

午後からの個人戦、観客席に政史の姿が見えなかったのは、単に自分が捜すのが下手だから見つけられなかっただけで、彼はそこにいてくれるものだと、——またしても、自分は勝手に思い込んでいた。

見つけられなかったんじゃない。——いなかったのだ。

肝心の個人戦、その時には、もう彼はあの会場にはいなかったのだ。

……わかってしまった。

『礼なんか、言わなくていいよ』

あの時、昼の休憩時間、たくさんの人混みに偶然彼を見つけた時に、嬉しさにたまらず大声で彼の名前を呼び、人混みをかきわけ近づいた海士へ向けられた政史の曖昧な表情は、
きみの応援に来たわけじゃないんだ。

と、告げていたのだ。

だから、『礼なんか、言わなくていいよ』だったのだ。

一度は誘いを断られたのに、その彼が会場にいてくれて、だからもう、てっきり自分の応援に来てくれたものとばかり決めつけていた。気が変わったのか予定が変わったのか、事情も理由もわからなかったが、だが現実に彼は会場に来てくれたのだ。海士の誘いを受けてくれたのだと、――自分の好意を受け止めてくれたのだと、そう、思い込んでいた。それ以外の可能性など、これっぽっちも考えなかった。喜びに浮かれていた自分には、あの時の彼の表情からあれこれ察することなど、到底できなかったのだ。

遠回しながらも、明確に、訂正されていたのに。

『礼なんか、言わなくていいよ』

ちゃんと否定されていたのに。

優しい人だから、意志は明確でも、否定をはっきりとは言葉にできなかったのだ。そんなことをしたら海士が落胆するのは目に見えている。試合前に選手のコンディションを落とすようなことは、できないではないか。だが、誤解されたままでも辛《つら》い。どうすればいいのだろう。

――あれは、多分、そういう困惑の表情だったのだ。

だから、突然横から現れた友人に強引に腕を引かれて行く時も、彼は一度も海士を振り返らなかったのだ。

海士の応援に来たわけではなかったから。

——でも。

失意の中で、ひとつ、気がつく。

昼には帰ってしまったということは、午後からの個人戦、海士のだけではなく、片倉利久の試合も見ていなかったということで、それはつまり、彼は片倉利久の応援に来ていたのでもない、ということだ。

では、何のために？

訊きたいけれど、訊けはしない。

和やかに笑顔を交わす政史と利久。——どうなっているのかなど、訊けやしない。

レギュラーになりたい。

なって、もう一度、彼に告白したい。

その時ならば許される気がした。断わられるにしろ、その理由を訊く権利が、その時ならば自分にもあるような、気がした。

ゴールデンウイーク明けの校内選考会、高木どころか吉沢にも肉薄する気迫の籠《こ》もった海士の弓に、顧問が下した結論は、団体戦はレギュラーにも補欠にも入れなかったのだが、個人戦に出場させる。というものだった。

個人戦。出られるのは嬉しいが、果たしてこれは、レギュラーに選ばれたと呼んで良いものなのだろうか？

わからなかったが、決意を固めた。

もう一度、告白する。

苦しくてたまらないほど、好きだった。

他の誰にも渡したくないほど、彼が好きだ。

ごとうしのぶ作品リスト

《タクミくんシリーズ》

作品名		収録文庫・単行本名	初出年月
《1年生》10月	天国へ行こう	カリフラワードリーム	1991.08
12月	イヴの贈り物	オープニングは華やかに	1993.12
2月	暁を待つまで	暁を待つまで	2006.08
《2年生》4月	そして春風にささやいて	そして春風にささやいて	1985.07
〃	てのひらの雪	カリフラワードリーム	1989.12
〃	FINAL	Sincerely…	1993.05
5月	若きギイくんへの悩み	そして春風にささやいて	1985.12
〃	それらすべて愛しき日々	そして春風にささやいて	1987.12
〃	決心	オープニングは華やかに	1993.05
〃	セカンド・ポジション	オープニングは華やかに	1994.05
〃	満月	隠された庭—夏の残像・2—	2004.12
6月	June Pride	そして春風にささやいて	1986.09
〃	BROWN	そして春風にささやいて	1989.12
7月	裸足のワルツ	カリフラワードリーム	1987.08
〃	右腕	カリフラワードリーム	1989.12
〃	七月七日のミラクル	緑のゆびさき	1994.07
8月	CANON	CANON	1989.03
〃	夏の序章	CANON	1991.12
〃	FAREWELL	FAREWELL	1991.12
〃	Come On A My House	緑のゆびさき	1994.12
9月	カリフラワードリーム	カリフラワードリーム	1990.04
〃	告白	虹色の硝子	1988.12

〃	夏の宿題	オープニングは華やかに	1994.01
〃	夢の後先	美貌のディテイル	1996.11
〃	夢の途中	夏の残像	2001.09
〃	Steady	彼と月との距離	2000.03
10月	嘘つきな口元	緑のゆびさき	1996.08
〃	季節はずれのカイダン	（非掲載）	1984.10
〃	〃（オリジナル改訂版）	FAREWELL	1988.05
11月	虹色の硝子	虹色の硝子	1988.05
〃	恋文	恋文	1991.02
12月	One Night,One Knight.	恋文	1987.10
〃	ギイがサンタになる夜は	恋文	1987.07
〃	Silent Night	虹色の硝子	1989.08
1月	オープニングは華やかに	オープニングは華やかに	1984.04
〃	Sincerely…	Sincerely…	1995.01
〃	My Dear…	緑のゆびさき	1996.12
2月	バレンタイン ラプソディ	バレンタイン ラプソディ	1990.04
〃	バレンタイン ルーレット	バレンタイン ラプソディ	1995.08
〃	After “Come On A My House”	ルビー文庫&CL-DX連動全員サービス小冊子	2005.05
〃	まい･ふぁにぃ･ばれんたいん	暁を待つまで	2006.08
3月	ホワイトデイ・キス	プロローグ	2008.05
〃	弥生　三月　春の宵	バレンタイン ラプソディ	1993.12
〃	約束の海の下で	バレンタイン ラプソディ	1993.09
〃	まどろみのKiss	美貌のディテイル	1997.08
番外編	凶作	FAREWELL	1987.10
《3年生》 4月	美貌のディテイル	美貌のディテイル	1997.07
〃	jealousy	美貌のディテイル	1997.09
〃	after jealousy	緑のゆびさき	1999.01
〃	緑のゆびさき	緑のゆびさき	1999.01
〃	花散る夜にきみを想えば	花散る夜にきみを想えば	2000.01

〃	ストレス	彼と月との距離	2000.03
〃	告白のルール	彼と月との距離	2001.01
〃	恋するリンリン	彼と月との距離	2001.01
〃	彼と月との距離	彼と月との距離	2001.01
5月	恋する速度	プロローグ	2006.08
〃	奈良先輩たちの、その後	——	2004.08
〃	ROSA	Pure	2001.05
〃	薔薇の名前	——	2006.08
6月	あの、晴れた青空	花散る夜にきみを想えば	1997.11
〃	夕立	恋のカケラ—夏の残像・4—	2003.12
〃	青空は晴れているか。	恋のカケラ—夏の残像・4—	2003.12
〃	青空は晴れているか。の、その後	恋のカケラ—夏の残像・4—	2004.08
7月	Pure	Pure	2001.12
8月	デートのセオリー	フェアリーテイル	2002.12
〃	フェアリーテイル	フェアリーテイル	2002.12
〃	夢路より	フェアリーテイル	2002.12
〃	ひまわり—向日葵—	夏の残像	2004.05
〃	花梨	夏の残像	2004.05
〃	白い道	夏の残像	2004.05
〃	潮騒	夏の残像	2003.08
〃	隠された庭	隠された庭—夏の残像・2—	2004.12
〃	真夏の麗人	薔薇の下で—夏の残像・3—	2005.08
〃	薔薇の下で	薔薇の下で—夏の残像・3—	2006.12
〃	恋のカケラ	恋のカケラ—夏の残像・4—	2007.12
〃	8月15日、登校日	プロローグ	2008.05
9月	葉山くんに質問	プロローグ	2006.10
〃	プロローグ	プロローグ	2007.06
〃	プロローグ2	プロローグ	2007.08
〃	Sweet Pain	プロローグ	2008.05

《その他の作品》

作品名	収録文庫・単行本名	初出年月
通り過ぎた季節	通り過ぎた季節	1987.08
予感	ロレックスに口づけを	1989.12
ロレックスに口づけを	ロレックスに口づけを	1990.08
天性のジゴロ	——	1993.10
愛しさの構図	通り過ぎた季節	1994.12
LOVE ME	——	1995.05
緋の双眼	——	1995.09
エリカの咲く庭	——	1996.09
RED	Sweet Memories	1984
結婚葬送行進曲	Bitter Memories	1984
ホームズホーム	Bitter Memories	1984
真昼の夜の夢	Bitter Memories	1985
さり気なく みすてりぃ	Bitter Memories	1986
千夜一夜ものがたり	Sweet Memories	1987
とつぜんロマンス	Bitter Memories	1991
秋景色	Bitter Memories	1992
トキメキの秒読み	Sweet Memories	1992
天使をエスケイプ	Sweet Memories	1992
わからずやの恋人	わからずやの恋人	1992.03
ささやかな欲望	ささやかな欲望	1994.12
TAKE A CHANCE	Sweet Memories	1994
FREEZE FRAME ～眼差しの行方～	Sweet Memories	1995
Primo	ささやかな欲望	1995.08
Mon Chéri	ささやかな欲望	1997.08
Ma Chérie	ささやかな欲望	1997.08
椿と茅人の、その後	——	2004.08

たまごたち	Sweet Memories	1997
恋する夏の日	——	2000.08
蜜月	Bitter Memories	2000.08
ぐれちゃうかもよ?	ぐれちゃわないでね?	2003.08
ぐれちゃわないでね?	ぐれちゃわないでね?	2003.12
恋の胸騒ぎ	ぐれちゃわないでね?	2003.12
ぐれちゃいそうだよ?	——	2003.12

〈初出誌〉

ホワイトデイ・キス
書き下ろし

8月15日、登校日
書き下ろし

葉山くんに質問
The Ruby（'06年10月）

プロローグ
The Ruby VOL.2（'07年6月）
ごとうしのぶ個人誌
『真夏の麗人3』2007夏便り（'07年8月）

Sweet Pain
書き下ろし

恋する速度
ごとうしのぶ個人誌
『真夏の麗人2』2006夏便り（'06年8月）

タクミくんシリーズ
プロローグ
ごとうしのぶ

角川ルビー文庫　R 10-21　　15127

平成20年5月1日　初版発行

発行者――井上伸一郎
発行所――株式会社角川書店
東京都千代田区富士見2-13-3
電話/編集(03)3238-8697
〒102-8078
発売元――株式会社角川グループパブリッシング
東京都千代田区富士見2-13-3
電話/営業(03)3238-8521
〒102-8177
http://www.kadokawa.co.jp
印刷所――暁印刷　製本所――BBC
装幀者――鈴木洋介

ISBN978-4-04-433625-7　C0193　定価はカバーに明記してあります。